VERONIKA
DECIDE MORRER

Obras de
PAULO COELHO
na Editora Pergaminho

O Alquimista
1.ª edição, Lisboa, 1990
◆

O Diário de Um Mago
1.ª edição, Lisboa, 1990
◆

Brida
1.ª edição, Lisboa, 1991
◆

As Valquírias
1.ª edição, Lisboa, 1993
◆

Na Margem do Rio Piedra Eu Sentei e Chorei
1.ª edição, Lisboa, 1994
◆

Maktub
1.ª edição, Lisboa, 1995
◆

O Monte Cinco
1.ª edição, Lisboa, 1996
◆

Manual do Guerreiro da Luz
1.ª edição, Lisboa, 1997
◆

Veronika Decide Morrer
1.ª edição, Lisboa, 1999
◆

O Demónio e a Senhorita Prym
1.ª edição, Cascais, 2000
◆

Onze Minutos
1.ª edição, Cascais, 2003

Paulo Coelho

VERONIKA
DECIDE MORRER

Pergaminho

VERONIKA DECIDE MORRER

Paulo Coelho

Copyright © 1998 by Paulo Coelho

Paulo Coelho Homepage
http://www.paulocoelho.com.br

Esta edição foi publicada com o acordo da
Sant Jordi Asociados,
Barcelona, Espanha.

VENDA INTERDITA NO BRASIL

Direitos reservados para
a língua portuguesa (Portugal) à
Editora Pergaminho, Lda.
Cascais – Portugal

1.ª edição: 1999 (várias reimpressões 1999/2003)
18.ª reimpressão, 2004

ISBN 972-711-294-3

Editora
Pergaminho, Lda.

Rua da Alegria, n.º 486 – A • Amoreira
2645-167 CASCAIS • Portugal
Tel. (+351) 21 464 61 10 a 19 • Fax (+351) 21 467 40 08
e-mail pergaminho.mail@netcabo.pt

Distribuição e Vendas:
Pergaminho Distribuidora de Livros e Audiovisuais, Lda.
Tel. (+351) 21 465 88 30 a 39 • Fax (+351) 21 467 40 00
e-mail pergaminhodistr@netcabo.pt

N.º de referência desta obra no nosso catálogo:
84.294

Este livro foi publicado graças à colaboração de:
Oficina de Letras (revisão), *Rogério O. Moura (Produção Gráfica)*,
Sandra Pereira (paginação), *Gary Isaacs/Photonica* (fotografia da capa),
data·d·ideias (capa), *Gráfica 99* (fotolitos).

Este livro foi impresso pela:
Tilgráfica, S.A.

Dep. Legal n.º 214 049/04

Se desejar receber gratuitamente
os nossos catálogos com regularidade,
solicite-nos.

Não deixe de consultar a nossa *homepage*:
www.editora*pergaminho*.pt

"Este livro oferece uma abordagem poética, sincera e romântica da natureza da loucura, no estilo simples e filosófico de Coelho."

"Trata-se do romance mais maduro e significativo de Coelho."

escrita sóbria, vê o temor e a mentira como sendo os únicos males a combater."

Psychologies, França, 2000

"A nossa existência normal pode ser encarada como algo absurdo e desprovido de significado. Neste sentido, o mais recente romance de Paulo Coelho faz-me lembrar Camus e Sartre."

VG, Noruega, 1999

"O *best-seller* internacional *O Alquimista* lançou a reputação de Coelho e *Veronika Decide Morrer* vai certamente consolidá-la. [O seu estilo é] intensamente poético e comedido; tal como Veronika tem de viver momento a momento, também o autor não desperdiça palavras para contar a sua história."

Time Out, Inglaterra, 1999

"O assunto que Coelho aborda é fascinante."

The Times, Inglaterra, 1999

"Uma história surpreendentemente animadora."

Big Issue, Inglaterra, 1999

"Da autoria do maior escritor brasileiro [chega-nos] uma história que afirma o valor da vida."

The Sunday Express, Inglaterra, 1999

caso. Com *Veronika Decide Morrer*, podemos ver que a chave do sucesso de Paulo Coelho é saber como dizer grandes verdades numa linguagem simples."

El Periódico, Espanha

"Com o seu estilo simultaneamente simples, claro, filosófico e transcendente, Coelho apresenta ao leitor uma variedade de reflexões acerca dos sonhos, da sabedoria, das facetas masculina e feminina das nossas personalidades, bem como uma relação surpreendente entre o destino e as decisões pessoais."

La Vanguardia, Espanha, 2000

"*Veronika Decide Morrer* regressa, de uma forma bastante explícita, ao tema da lenda pessoal."

L'Express, França, 2000

"Gosto muito do último romance de Paulo Coelho, *Veronika Decide Morrer*. Tocou-me profundamente."

UMBERTO ECO, *Focus*, Alemanha, 2000

"Sob a forma de ficção, Coelho descreve uma realidade invisível de uma forma por vezes perturbante, mas sempre inconformista. Com uma linguagem directa e uma

«Eis que vos dei
o poder de pisar serpentes... e nada
poderá causar-vos dano.»

Lucas, X:19

Para S. T. de L.,
que começou a ajudar-me sem que
eu soubesse.

No dia 11 de Novembro de 1997, Veronika decidiu que havia – afinal! – chegado o momento de se matar. Limpou cuidadosamente o seu quarto alugado num convento de freiras, desligou o aquecimento, lavou os dentes e deitou-se.

Da mesa de cabeceira, tirou as quatro caixas de comprimidos para dormir. Ao invés de amassá-los e misturá-los com água, resolveu tomá-los um a um, já que existe uma grande distância entre a intenção e o acto, e ela queria estar livre para arrepender-se a meio do caminho. Entretanto, a cada comprimido que engolia, sentia-se mais convencida: no final de cinco minutos, as caixas estavam vazias.

Como não sabia exactamente quanto tempo ia demorar a perder a consciência, deixara em cima da cama uma revista francesa *Homme*, edição daquele mês, recém-chegada à biblioteca onde trabalhava. Embora não tivesse nenhum interesse especial por informática, ao folhear a revista descobrira um artigo sobre um jogo de computador (CD-Rom, como lhe chamavam) criado por Paulo Coelho, um escritor brasileiro que tivera a oportunidade de conhecer numa conferência no café do hotel Grand Union. Os dois tinham trocado algumas palavras, e ela acabara por ser convidada pelo editor dele para jantar. Mas o grupo era grande, e não houve possibilidade de aprofundar nenhum assunto.

O facto de ter conhecido o autor, porém, levava-a a pensar que ele era parte do seu mundo, e ler um artigo sobre o seu trabalho podia ajudar a passar o tempo. Enquanto esperava a morte, Veronika começou a ler sobre informática, um assunto pelo qual não tinha o mínimo interesse – e isto combinava com tudo o que fizera a vida inteira, sempre procurando o que era mais fácil, ou estava ao alcance da mão. Como aquela revista, por exemplo.

Para sua surpresa, porém, a primeira linha do texto tirou-a da sua passividade natural (os calmantes ainda não se tinham dissolvido no seu estômago, mas Veronika já era passiva por natureza), e fez com que, pela primeira vez na sua vida, considerasse como verdadeira uma frase que estava muito em moda entre os seus amigos: «Nada neste mundo acontece por acaso.»

Porquê aquela primeira linha, justamente num momento em que tinha começado a morrer? Qual a mensagem oculta que tinha diante dos seus olhos, se é que existem mensagens ocultas ao invés de coincidências?

Sob uma ilustração do tal jogo de computador, o jornalista começava o artigo perguntando:

«Onde é a Eslovénia?»

«Ninguém sabe onde é a Eslovénia», pensou. «Nem isso.»

Mas a Eslovénia existia mesmo assim, e estava lá fora, lá dentro, nas montanhas à sua volta e na praça diante dos seus olhos: a Eslovénia era o seu país.

Deixou a revista de lado, não lhe interessava agora ficar indignada com um mundo que ignorava por completo a existência dos eslovenos; a honra da sua nação não lhe dizia mais respeito. Era altura de ter orgulho de si mesma, saber que fora capaz, finalmente tivera coragem, deixava esta vida: que alegria! E fazia-o da maneira com que sempre sonhara – através de comprimidos, que não deixam marcas.

Veronika procurara os comprimidos durante quase seis meses. Achando que nunca iria consegui-los, chegara a considerar a possibilidade de cortar os pulsos. Mesmo sabendo que ia acabar por encher o quarto de sangue, deixando as freiras confusas e preocupadas, um suicídio exige que as pessoas pensem primeiro em si mesmas, e depois nos outros. Estava disposta a fazer todo o possível para que a sua morte não causasse muito transtorno, mas se cortar os pulsos fosse a única possibilidade, então não havia outra hipótese – e as freiras que limpassem o quarto, e esquecessem logo a história, senão teriam dificuldades em alugá-lo de novo. Afinal de contas, mesmo no final do século xx, as pessoas ainda acreditavam em fantasmas.

É claro que ela também podia atirar-se de um dos poucos prédios altos de Lubljana, mas e o sofrimento extra que tal atitude acabaria por causar aos seus pais? Além do choque de descobrir que a filha morrera, ainda seriam obrigados a identificar um corpo desfigurado: não, esta era uma solução pior do que sangrar até morrer, pois deixaria marcas indeléveis em duas pessoas que só queriam o seu bem.

«Com a morte da filha eles acabarão por se acostumar. Mas um crânio esmagado deve ser impossível de esquecer.»

Tiros, quedas de prédio, enforcamento, nada disso combinava com sua natureza feminina. As mulheres, quando se matam, escolhem meios muito mais românticos – como cortar os pulsos, ou tomar uma dose excessiva de comprimidos para dormir. As princesas abandonadas e as atrizes de Hollywood deram diversos exemplos a este respeito.

Veronika sabia que a vida era uma questão de esperar sempre a hora certa para agir. E assim foi: dois amigos seus, sensibilizados com as suas queixas de que não conseguia mais dormir, arranjaram – cada um – duas caixas de uma droga poderosa, que era utilizada por músicos de uma discoteca local. Veronika deixou as quatro caixas na sua mesa de cabeceira durante uma semana, namorando a morte que se aproximava, e despedindo-se – sem qualquer sentimentalismo – daquilo a que chamavam Vida.

Agora estava ali, contente por ter ido até ao fim, e entediada porque não sabia o que fazer com o pouco tempo que lhe restava.

Voltou a pensar no absurdo que acabara de ler: como é que um artigo sobre computadores pode começar com esta frase tão idiota: «Onde é a Eslovénia?»

Como não achou nada mais interessante para fazer, resolveu ler o artigo até ao fim, e descobriu: o tal jogo tinha sido produzido na Eslovénia – esse estranho país que ninguém parecia saber onde era, excepto quem morava ali – por causa da mão-de-obra mais barata. Há alguns meses atrás, ao lançar o jogo, a produtora francesa dera uma festa para jornalistas de todo o mundo, num castelo em Vled.

Veronika lembrou-se de ter ouvido algo a respeito da festa, que fora um acontecimento especial na cidade: não apenas pelo facto do castelo ter sido redecorado para aproximar-se ao máximo do ambiente medieval do tal CD-Rom, como também pela polémica que se seguira na imprensa local: havia jornalistas alemães, franceses, ingleses, italianos, espanhóis – mas nenhum esloveno tinha sido convidado.

O articulista da *Homme* – que viera à Eslovénia pela primeira vez, certamente com tudo pago, e decidido a passar o seu tempo cortejando outros jornalistas, dizendo coisas supostamente interessantes, comendo e bebendo de graça no castelo – resolvera começar o artigo com uma piada que devia agradar muito aos sofisticados intelectuais do seu país. Deve, inclusive, ter contado aos seus amigos da redacção algumas histórias inverídicas sobre os costumes locais, ou sobre a maneira rudimentar como as mulheres eslovenas se vestem.

Problema dele. Veronika estava a morrer, e as suas preocupações deviam ser outras, como saber se existe vida após a morte, ou a que horas seria o seu corpo encontrado. Mesmo assim – ou talvez justamente por causa disso, da importante decisão que tomara – aquele artigo estava a incomodá-la.

Olhou pela janela do convento que dava para a pequena praça de Lubljana. «Se não sabem onde é a Eslovénia, Lubljana deve ser um mito», pensou. Como a Atlântida, ou a Lemúria, ou os continentes perdidos que povoam a imaginação dos homens. Ninguém começaria um artigo, em nenhum lugar do mundo, perguntando onde era o monte Evereste, mesmo que nunca tivesse estado lá. No entanto, em plena Europa, um jornalista de uma revista importante não se envergonhava de fazer uma pergunta daquelas, porque sabia que a maior parte dos seus leitores desconhecia onde era a Eslovénia. E mais ainda Lubljana, a sua capital.

Foi então que Veronika descobriu uma maneira de passar o tempo – já que dez minutos haviam transcorrido, e ainda não notara qualquer diferença no seu organismo. O último acto da sua vida ia ser escrever uma carta para aquela revista, explicando que a Eslovénia era uma das cinco repúblicas resultantes da divisão da antiga Jugoslávia.

Deixaria a carta como o seu bilhete de suicídio. De resto, não daria nenhuma explicação sobre os verdadeiros motivos da sua morte.

Quando encontrassem o seu corpo, concluiriam que se matou porque uma revista não sabia onde era o seu país. Riu com a ideia de ver uma polémica nos jornais, com gente a favor e contra o seu suicídio em honra da causa nacional. E ficou impressionada com a rapidez com que mudara de ideia, já que momentos antes pensara exactamente o oposto – o mundo e os problemas geográficos já não lhe diziam respeito.

Escreveu a carta. O momento de bom humor fez com que quase tivesse outros pensamentos a respeito da necessidade de morrer, mas já tinha tomado os comprimidos, era tarde de mais para voltar atrás.

De qualquer maneira, já tivera momentos de bom humor como esse, e não se estava a matar porque era uma mulher triste, amarga, vivendo em constante depressão. Passara muitas tardes da sua vida a caminhar, alegre, pelas ruas de Lubljana, ou a olhar – da janela do seu quarto no convento – a neve que caía na pequena praça com a estátua do poeta. Certa vez, ficara quase um mês flutuando nas nuvens, porque um homem desconhecido, no centro daquela mesma praça, lhe dera uma flor.

Acreditava ser uma pessoa absolutamente normal. A sua decisão de morrer devia-se a duas razões muito simples, e tinha a certeza de que, se deixasse um bilhete a explicá-las, muita gente ia concordar com ela.

A primeira razão: tudo na sua vida era igual, e – uma vez passada a juventude – seria a decadência, a velhice começaria a deixar marcas irreversíveis, as doenças chegariam, os amigos partiriam. Enfim, continuar a viver não acrescentava nada; pelo contrário, as possibilidades de sofrimento aumentavam muito.

A segunda razão era mais filosófica: Veronika lia jornais, via televisão, e estava a par do que se passava no mundo. Tudo estava errado, e ela não tinha como reparar aquela situação – o que lhe dava uma sensação de inutilidade total.

Daqui a pouco, porém, teria a última experiência de sua vida, e esta prometia ser muito diferente: a morte. Escreveu a tal carta para a revista, deixou o assunto de lado, concentrou-se em coisas mais importantes e mais próprias para o que estava a viver – ou a morrer – naquele minuto.

Procurou imaginar como seria morrer, mas não conseguiu chegar a nenhum resultado.

De qualquer maneira, não precisava de se importar com isso, pois saberia daqui a poucos minutos.

Quantos minutos?

Não tinha ideia. Mas deliciava-se com o facto de que ia conhecer a resposta para o que todos se perguntavam: Deus existe?

Ao contrário de muita gente, esta não fora a grande discussão interior da sua vida. No antigo regime comunista, a educação oficial dizia que a vida acabava com a morte, e ela acabou por se acostumar com a ideia. Por outro lado, a geração dos seus pais e dos seus avós ainda frequentava a igreja, fazia orações e peregrinações, e tinha a mais absoluta convicção de que Deus prestava atenção ao que diziam.

Aos 24 anos, depois de ter vivido tudo que lhe fora permitido viver – e olha que não foi pouca coisa! – Veronika tinha quase a certeza de que tudo acabava com a morte. Por isso escolhera o suicídio: liberdade, enfim. Esquecimento para sempre.

No fundo do seu coração, porém, restava a dúvida: e se Deus existe? Milhares de anos de civilização faziam do suicídio um tabu, uma afronta a todos os códigos religiosos: o homem luta para sobreviver, e não para entregar-se. A raça humana deve procriar. A sociedade precisa de mão-

-de-obra. Um casal necessita de uma razão para continuar junto, mesmo depois do amor deixar de existir, e um país precisa de soldados, políticos e artistas.

«Se Deus existe, o que eu sinceramente não acredito, entenderá que há um limite para a compreensão humana. Foi Ele quem criou esta confusão, onde há miséria, injustiça, ganância, solidão. A sua intenção deve ter sido óptima, mas os resultados são nulos; se Deus existe, Ele será generoso para com as criaturas que desejaram ir-se embora mais cedo desta Terra, e pode até mesmo pedir desculpas por nos ter obrigado a passar por aqui.»

Que se danassem os tabus e superstições. A sua religiosa mãe dizia: «Deus conhece o passado, o presente e o futuro.» Nesse caso, já a havia colocado neste mundo com plena consciência de que ela acabaria por se matar, e não iria ficar chocado com o seu gesto.

Veronika começou a sentir um leve enjoo, que foi crescendo rapidamente.

Em poucos minutos, já não podia mais concentrar-se na praça do lado de fora da sua janela. Sabia que era Inverno, devia ser à volta de quatro horas da tarde, e o Sol punha-se rapidamente. Sabia que outras pessoas continuariam a viver; nesse momento, um rapaz passava diante da sua janela, e viu-a, sem no entanto ter a menor ideia de que ela estava prestes a morrer. Um grupo de músicos bolivianos (onde é a Bolívia? Porque é que os artigos de revistas não perguntam isso?) tocava diante da estátua de France Preseren, o grande poeta esloveno, que marcara profundamente a alma do seu povo.

Será que conseguiria ouvir até ao fim a música que vinha da praça? Seria uma bela recordação desta vida: o entardecer, a melodia que contava os sonhos do outro lado do mundo, o quarto aquecido e aconchegado, o rapaz bonito e cheio de vida que passava, resolvera parar, e agora encarava-a. Como percebia que o remédio já estava a fazer efeito, era a última pessoa que a via.

Ele sorriu. Ela retribuiu o sorriso – não tinha nada a perder. Ele acenou; ela resolveu fingir que estava a olhar outra coisa, afinal o rapaz estava a querer ir longe de mais. Desconcertado, ele continuou o seu caminho, esquecendo para sempre aquele rosto na janela.

Mas Veronika ficou contente de mais uma vez ter sido desejada. Não era por ausência de amor que se matava. Não era por falta de carinho da sua família, nem problemas financeiros, ou por uma doença incurável.

Veronika decidira morrer naquela tarde bonita de Lubljana, com músicos bolivianos a tocar na praça, com um jovem a passar diante da sua janela, e estava contente com o que os seus olhos viam e os seus ouvidos escutavam. Mais contente ainda estava por não ter que ver aquelas mesmas coisas por mais trinta, quarenta, ou cinquenta anos – pois iam perder toda a sua originalidade, e transformar-se na tragédia de uma vida onde tudo se repete, e o dia anterior é sempre igual ao seguinte.

O estômago, agora, começava a dar voltas, e ela sentia-se muito mal. «Engraçado, pensei que uma dose excessiva de calmantes me faria dormir imediatamente.» Mas o que estava a acontecer era um estranho zumbido nos ouvidos e a sensação de vómito.

«Se vomitar, não morro.»

Decidiu esquecer as cólicas, procurando concentrar-se na noite que caía com rapidez, nos bolivianos, nas pessoas que começavam a fechar as suas lojas e a sair. O barulho nos ouvidos tornava-se cada vez mais agudo, e – pela primeira vez desde que tomara os comprimidos – Veronika sentiu medo, um medo terrível do desconhecido.

Mas foi rápido. Depressa perdeu a consciência.

Quando abriu os olhos, Veronika não pensou: «Isto deve ser o céu.» O céu jamais utilizaria uma lâmpada fluorescente para iluminar o ambiente, e a dor – que apareceu uma fracção de segundo depois – era típica da Terra. Ah, esta dor da Terra – ela é única, não pode ser confundida com nada.

Quis mexer-se, e a dor aumentou. Uma série de pontos luminosos apareceram, e mesmo assim Veronika continuou a entender que aqueles pontos não eram estrelas do Paraíso, mas consequência do seu intenso sofrimento.

– Recuperou a consciência – ouviu uma voz de mulher. – Agora você está com os dois pés no Inferno, aproveite.

Não, não podia ser, aquela voz estava a enganá-la. Não era o Inferno – porque sentia muito frio, e notara que tubos plásticos saíam da sua boca e do nariz. Um destes tubos – o que estava enfiado pela sua garganta abaixo – dava-lhe a sensação de sufocar.

Quis mexer-se para tirá-lo, mas os braços estavam amarrados.

– Estou a brincar, não é o Inferno – continuou a voz. – É pior que o Inferno onde, aliás, eu nunca estive. É Villete.

Apesar da dor e da sensação de asfixia, Veronika – numa fracção de segundo – percebeu o que tinha acontecido. Tentara o suicídio, e alguém chegara a tempo de salvá-la. Podia ter sido uma freira, uma amiga que resolvera aparecer sem avisar, alguém que se lembrara de entregar algo que ela já esquecera ter pedido. O facto é que tinha sobrevivido, e estava em Villete.

Villete, o famoso e temido asilo de loucos, que existia desde 1991, ano da independência do país. Naquela época, acreditando que a divisão da antiga Jugoslávia se daria através de meios pacíficos (afinal, a Eslovénia enfrentara apenas onze dias de guerra), um grupo de empresários europeus conseguiu licença para instalar um hospital de doenças mentais num antigo quartel, abandonado por causa dos altos custos de manutenção.

Aos poucos, porém, as guerras começaram: primeiro a Croácia, depois a Bósnia. Os empresários ficaram preocupados: o dinheiro para o investimento viera de capitalistas espalhados por diversas partes do mundo, cujos nomes nem sabiam – de modo que era impossível sentar-se diante deles, dar algumas desculpas, pedir que tivessem paciência. Resolveram o problema adoptando práticas nada recomendáveis para um asilo psiquiátrico, e Villete passou a simbolizar – para a jovem nação

que acabara de sair de um comunismo tolerante
– o que havia de pior no capitalismo: bastava pagar para se conseguir uma vaga.

Muitas pessoas, quando queriam livrar-se de algum membro da família por causa de discussões sobre heranças (ou comportamento inconveniente), gastavam uma fortuna – e conseguiam um atestado médico que permitia o internamento dos filhos ou pais criadores de problemas. Outros, para fugir de dívidas, ou justificar certas atitudes que podiam resultar em longos períodos de prisão, passavam algum tempo no asilo e saíam livres de qualquer cobrança ou processo judicial.

Villete, o lugar de onde ninguém jamais tinha fugido. Que misturava os verdadeiros loucos – enviados ali pela justiça, ou por outros hospitais – com aqueles que eram acusados de loucura, ou fingiam insanidade. O resultado era uma verdadeira confusão, e a imprensa publicava constantemente histórias de maus tratos e abusos, embora jamais tivesse permissão de entrar e ver o que estava a acontecer. O governo investigava as denúncias, não conseguia provas, os accionistas ameaçavam espalhar que era difícil fazer investimentos externos no país, e a instituição conseguia manter-se de pé, cada vez mais forte.

– A minha tia suicidou-se há alguns meses – continuou a voz feminina. – Ela passou quase oito anos sem vontade de sair do quarto, comia, engordava, fumava, tomava calmantes, e dormia a maior parte do tempo. Tinha duas filhas e um marido que a amava.

Veronika tentou mover a cabeça na direcção da voz, mas era impossível.

– Só a vi reagir uma única vez: quando o marido arranjou uma amante. Então ela fez escândalos, perdeu alguns quilos, partiu copos e – por semanas inteiras – não deixava a vizinhança dormir com os seus gritos. Por mais absurdo que pareça, acho que foi a sua época mais feliz: lutava por alguma coisa, sentia-se viva e capaz de reagir ao desafio que se colocava diante dela.

«O que tenho eu a ver com isso?», pensava Veronika, incapaz de dizer algo. «Eu não sou a sua tia, não tenho marido!»

– O marido acabou por deixar a amante – continuou a mulher. – A minha tia, pouco a pouco, voltou à sua passividade habitual. Um dia, telefonou-me a dizer que estava disposta a mudar de vida: parara de fumar. Na mesma semana, depois de aumentar o número de calmantes por causa da ausência do cigarro, avisou todos de que estava disposta a matar-se.

»Ninguém acreditou. Certa manhã, ela deixou-me um recado no atendedor de chamadas, a despedir-se, e matou-se com gás. Eu ouvi essa mensagem várias vezes: nunca ouvira a sua voz tão tranquila, conformada com o próprio destino. Dizia que não era nem feliz nem infeliz, e por isso não aguentava mais.

Veronika sentiu compaixão pela mulher que contava a história, e que parecia tentar compreender a morte da tia. Como julgar – num mundo onde se tenta sobreviver a qualquer custo – aquelas pessoas que decidem morrer?

Ninguém pode julgar. Cada um sabe a dimensão do próprio sofrimento, ou da ausência total de sentido da sua vida. Veronika queria explicar isso, mas o tubo na sua boca fez com que se engasgasse, e a mulher veio ajudá-la.

Viu-a debruçar-se sobre o seu corpo amarrado, entubado, protegido contra a sua vontade e o seu livre-arbítrio de destruí-lo. Mexeu de um lado para o outro com a cabeça, implorando com os seus olhos para que tirassem aquele tubo, e a deixassem morrer em paz.

– Você está nervosa – disse a mulher. – Não sei se está arrependida, ou se ainda quer morrer, mas isso não me interessa. O que me interessa é cumprir a minha função: no caso do paciente se mostrar agitado, o regulamento exige que eu lhe dê um sedativo.

Veronika parou de debater-se, mas a enfermeira já lhe dava uma injecção no braço. Em pouco tempo, estava de volta a um mundo estranho, sem sonhos, onde a única coisa de que se lembrava era do rosto da mulher que acabara de ver: olhos verdes, cabelo escuro, e um ar totalmente distante – de quem faz as coisas porque tem que fazer, sem jamais perguntar porque o regulamento manda isto ou aquilo.

PAULO COELHO soube da história de Veronika três meses depois, quando jantava num restaurante argelino em Paris com uma amiga eslovena, que também se chamava Veronika, e era filha do médico responsável por Villete.

Mais tarde, quando decidiu escrever um livro sobre o assunto, pensou em mudar o nome da Veronika, sua amiga – para não confundir o leitor. Pensou chamá-la Blaska, ou Edwina, ou Marietzja, ou qualquer outro nome esloveno, e acabou por resolver que manteria os nomes reais. Quando se referisse à Veronika sua amiga, chamá-la-ia de Veronika, a amiga. Quanto à outra Veronika, não precisava de adjectivá-la de nenhuma maneira, porque ela seria o personagem central do livro, e as pessoas ficariam aborrecidas por terem que ler sempre "Veronika, a louca", ou "Veronika, a que tentara cometer suicídio". De qualquer maneira, tanto ele como Veronika, a amiga, iam entrar só num pequeno trecho da história – este aqui.

Veronika, a amiga, estava horrorizada com o que o seu pai tinha feito, principalmente tendo em consideração que ele era o director de uma instituição que queria ser respeitada, e trabalhava numa tese que precisava de passar pelo exame de uma comunidade académica convencional.

– Sabes de onde vem a palavra "asilo"? – perguntava ela. – Vem da Idade Média, do direito que as pessoas tinham de buscar refúgio em igrejas, lugares sagrados. Direito de asilo, uma coisa que qualquer pessoa civilizada entende! Então, como é que o meu pai, director de um asilo, pôde agir desta maneira com alguém?

Paulo Coelho quis saber em pormenor tudo o que acontecera, porque tinha um excelente motivo para interessar-se pela história de Veronika.

E o motivo era o seguinte: ele fora internado num asilo – ou hospício, como era mais conhecido este tipo de hospital. E isto acontecera não apenas uma vez, mas três vezes – nos anos de 1965, 1966 e 1967. O lugar do seu internamento fora a Casa de Saúde Dr. Eiras, no Rio de Janeiro.

A razão do seu internamento era, até hoje, estranha para ele mesmo; talvez os seus pais estivessem desnorteados com o seu comportamento estranho, entre o tímido e o extrovertido, ou talvez fosse o seu desejo de ser "artista", algo que todos na família consideravam como a melhor maneira de viver na marginalidade, e morrer na miséria.

Quando pensava no facto – e, diga-se de passagem, raramente pensava nisso – ele atribuía a verdadeira loucura ao médico que aceitou interná-lo num hospício, sem qualquer motivo concreto (como acontece em qualquer família, a tendência é sempre pôr a culpa nos outros, e afirmar a pés juntos que os pais não sabiam o que estavam a fazer, quando tomaram uma decisão tão drástica).

Paulo riu ao saber da estranha carta aos jornais que Veronika deixara, reclamando que uma importante revista francesa nem sequer sabia onde era a Eslovénia.

– Ninguém se mata por isso.

– Por essa razão, a carta não deu nenhum resultado – disse, constrangida, Veronika, a amiga. – Ontem mesmo, ao registar-me no hotel, acharam que a Eslovénia era uma cidade da Alemanha.

Era uma história muito familiar, pensou ele, já que muitos estrangeiros consideram a cidade argentina de Buenos Aires como capital do Brasil.

Mas, além do facto de viver num país em que os estrangeiros, alegremente, vinham cumprimentá-lo pela beleza da capital (que ficava no país vizinho), Paulo Coelho tinha em comum com Veronika o facto que já foi descrito aqui, mas que é sempre bom relembrar: também fora internado num sanatório de doentes mentais, "de onde nunca devia ter saído", como comentara certa vez a sua primeira mulher.

Mas saiu. E quando deixou a Casa de Saúde Dr. Eiras pela última vez, decidido a nunca mais lá voltar, ele fizera duas promessas: a) jurou que iria escrever sobre o tema; b) jurou esperar que os seus pais morressem antes de tocar publicamente no assunto – porque ele não queria feri-los, já que os dois tinham passado muitos anos das suas vidas culpando-se pelo que fizeram.

A sua mãe morrera em 1993. Mas o seu pai, que em 1997 completara 84 anos, apesar de sofrer de enfisema pulmonar sem nunca ter fumado, apesar de se alimentar com comida congelada porque não conseguia ter uma empregada que aturasse as suas manias, continuava vivo, em pleno gozo das suas faculdades mentais e da sua saúde.

De modo que, ao ouvir a história de Veronika, ele descobriu uma maneira de falar sobre o tema, sem quebrar a sua promessa. Embora nunca tivesse pensado em suicídio, conhecia intimamente o universo de um asilo – os tratamentos, as relações entre médicos e pacientes, o conforto e a angústia de estar num lugar como aquele.

Então, deixemos Paulo Coelho e Veronika – a amiga – saírem definitivamente deste livro, e continuemos a história.

Veronika não sabe quanto tempo ficou a dormir. Lembrava-se de ter acordado em algum momento – ainda com os aparelhos de sobrevivência na sua boca e no seu nariz – ouvindo uma voz que dizia:

«Você quer que eu a masturbe?»

Mas agora, com os olhos bem abertos e olhando o quarto ao seu redor, não sabia se aquilo tinha sido real, ou uma alucinação. Além desta lembrança, não conseguia recordar nada, absolutamente nada.

Os tubos tinham sido retirados. Mas continuava com agulhas enfiadas por todo o corpo, fios ligados na área do coração e da cabeça e os braços amarrados. Estava nua, coberta apenas por um lençol, e sentia frio – mas resolveu não protestar. O pequeno espaço, circundado por cortinas verdes, estava ocupado pelas máquinas da Unidade de Tratamento Intensivo, a cama onde estava deitada e uma cadeira branca – com uma enfermeira sentada, entretida na leitura de um livro.

A mulher, desta vez, tinha olhos escuros e cabelos escuros. Mesmo assim, Veronika ficou em dúvida se seria a mesma pessoa com quem conversara horas – dias? – antes.

– Pode desamarrar os meus braços?

A enfermeira levantou os olhos, respondeu com um seco «não», e voltou ao livro.

Estou viva, pensou Veronika. Vai começar tudo de novo. Devo passar algum tempo aqui dentro, até constatarem que sou perfeitamente normal. Depois dar-me-ão alta, e eu verei de novo as ruas de Lubljana, a sua praça redonda, as pontes, as pessoas que passam pelas ruas indo e voltando do trabalho.

Como as pessoas têm sempre tendência para ajudar as outras – só para se sentirem melhores do que realmente são – dar-me-ão o emprego de volta na biblioteca. Com o tempo, voltarei a frequentar os mesmos bares e discotecas, conversarei com os meus amigos sobre as injustiças e problemas do mundo, irei ao cinema, passearei no lago.

Como escolhi os comprimidos, não estou deformada: continuo jovem, bonita, inteligente, e não terei – como nunca tive – dificuldades em arranjar namorados. Farei amor com eles nas suas casas, ou no bosque, terei um certo prazer, mas logo depois do orgasmo a sensação do vazio voltará. Já não teremos muito que conversar, e tanto ele como eu saberemos disso: chega a hora de dar uma desculpa um ao outro – «é tarde» ou «amanhã tenho que acordar cedo» – e partiremos o mais depressa possível, evitando olharmo-nos nos olhos.

Eu volto para o meu quarto alugado no convento. Tento ler um livro, ligo a televisão para ver os mesmos programas de sempre, ponho o despertador para acordar exactamente à mesma hora que acordei no dia anterior, repito mecanicamente as tarefas que me são confiadas na biblioteca. Como a sanduíche no jardim em frente ao teatro, sentada no mesmo banco, com outras pessoas que também escolhem os mesmos bancos para lanchar, que têm o mesmo olhar vazio, mas fingem estar preocupadas com coisas importantíssimas.

Depois volto ao trabalho, ouço alguns comentários sobre quem sai com quem, quem sofre o quê, como tal pessoa chorou por causa do marido – e fico com a sensação de que sou privilegiada, sou bonita, tenho um emprego, arranjo o namorado que quiser. Aí volto aos bares no final do dia, e tudo recomeça.

A minha mãe – que deve estar preocupadíssima com a minha tentativa de suicídio – vai recuperar-se do susto e continuará a perguntar-me o que vou fazer da minha vida, porque não sou igual às outras pessoas, já que, afinal de contas, as coisas não são tão complicadas como eu penso que são. «Olha para mim, por exemplo, que estou há anos casada com o teu pai, e procurei dar-te a melhor educação e os melhores exemplos possíveis.»

Um dia, canso-me de ouvi-la repetir sempre a mesma conversa e, para lhe agradar, caso-me com um homem a quem me obrigo a amar. Eu e ele acabaremos por encontrar uma maneira de sonhar juntos com o nosso futuro, a casa de campo, os filhos, o futuro dos nossos filhos. Faremos muito amor no primeiro ano, menos no segundo, e a partir do terceiro ano talvez pensemos em sexo uma vez a cada quinze dias, e transformemos este pensamento em acção apenas uma vez por mês. Pior que isso, quase não conversaremos. Eu forçar-me-ei a aceitar a situação, e perguntar-me-ei o que há de errado comigo – já que não consigo mais interessá-lo, ele não me dá atenção, e passa a vida a falar dos seus amigos como se fossem realmente o seu mundo.

Quando o casamento estiver realmente por um fio, eu ficarei grávida. Teremos o filho, passaremos algum tempo mais próximos um do outro, e logo a situação voltará a ser como antes.

Então, começarei a engordar como a tia da enfermeira de ontem – ou de dias atrás, não sei bem. E começarei a fazer dieta, sistematicamente derrotada a cada dia, a cada semana, pelo peso que insiste em aumentar apesar de todo o controlo. Nesta altura, tomarei essas drogas mágicas para não entrar em depressão – e terei alguns filhos, em noites de amor que passam depressa de mais. Direi a todos que os filhos são a razão da minha vida, mas na verdade eles exigem a minha vida como razão.

As pessoas vão considerar-nos sempre um casal feliz, e ninguém saberá o que existe de solidão, de amargura, de renúncia, atrás de toda aparência de felicidade.

Até que um dia, quando o meu marido arranjar a sua primeira amante, eu talvez faça um escândalo como a amiga da enfermeira, ou pense de novo em me suicidar. Mas então estarei velha e cobarde, com dois ou três filhos que precisam da minha ajuda, e preciso de educá-los, colocá-los no mundo – antes de ser capaz de abandonar tudo. Eu não me suicidarei: farei um escândalo, ameaçarei sair com as crianças. Ele, como todos os homens, recuará, dirá que me ama e que aquilo não se tornará a repetir. Nunca lhe passará pela cabeça que, se eu resolvesse mesmo ir-me embora, a única escolha seria voltar para casa dos meus pais, e ficar ali o resto da minha vida, tendo que ouvir todos os dias a minha mãe lamentar-se porque eu perdi uma oportunidade única de ser feliz, que ele era um óptimo marido apesar dos seus pequenos defeitos, que os meus filhos irão sofrer muito por causa da separação.

Dois ou três anos depois, outra mulher aparecerá na sua vida. Eu vou descobrir – porque vi, ou porque alguém me contou – mas desta vez finjo que não sei. Gastei toda a minha energia a lutar contra a amante anterior, não sobrou nada, é melhor aceitar a vida como ela é na realidade, e não como eu imaginava que fosse. A minha mãe tinha razão.

Ele continuará a ser gentil para mim, eu continuarei o meu trabalho na biblioteca, as minhas sanduíches na praça do teatro, os meus livros que nunca consigo acabar de ler, os programas de televisão que continuarão a ser os mesmos daqui a dez, vinte, cinquenta anos.

Só que comerei as sanduíches com culpa, porque estou a engordar; e não irei mais a bares, porque tenho um marido que me espera em casa para cuidar dos filhos.

A partir daí, é esperar os meninos crescerem, e ficar o dia todo a pensar no suicídio, sem coragem de cometê-lo. Um belo dia, chego à conclusão de que a vida é assim, não adianta, nada mudará. E conformo-me.

Veronika encerrou o seu monólogo interior, e fez uma promessa a si mesma: não sairia de Villete com vida. Era melhor acabar com tudo agora, enquanto ainda tinha coragem e saúde para morrer.

Dormiu e acordou várias vezes, notando que o número de aparelhos à sua volta diminuía, o calor de seu corpo aumentava, e as enfermeiras mudavam de rosto – mas havia sempre alguém ao lado dela. As cortinas verdes deixavam passar o som de alguém que chorava, gemidos de dor, ou vozes que sussurravam coisas em tom calmo e técnico. De vez em quando um aparelho distante zumbia, e ela ouvia passos apressados no corredor. Nessas horas, as vozes perdiam o seu tom técnico e calmo, e passavam a ser tensas, dando ordens rápidas.

Num dos seus momentos de lucidez, uma enfermeira perguntou-lhe:

– Não quer saber qual é o seu estado?

– Eu sei qual é – respondeu Veronika. – E não é o que você está a ver no meu corpo; é o que está a acontecer na minha alma.

A enfermeira ainda tentou conversar um pouco, mas Veronika fingiu que dormia.

Pela primeira vez, quando abriu os olhos, percebeu que tinha mudado de lugar – estava no que parecia ser uma grande enfermaria. A agulha de uma embalagem de soro ainda continuava no seu braço – mas todos os outros fios e agulhas tinham sido retirados.

Um médico alto, com a tradicional roupa branca contrastando com os cabelos e bigode artificialmente tingidos de negro, encontrava-se de pé, em frente à sua cama. Ao seu lado, um jovem estagiário segurava uma prancheta, e tomava notas.

– Há quanto tempo estou aqui? – perguntou, notando que falava com uma certa dificuldade, sem conseguir pronunciar bem as palavras.

– Duas semanas neste quarto, depois de cinco dias na Unidade de Cuidados Intensivos – respondeu o mais velho. – E dê graças a Deus por ainda estar aqui.

O mais jovem pareceu surpreso, como se esta última frase não combinasse exactamente com a realidade. Veronika, de imediato, notou a sua reacção, e os seus instintos aguçaram-se: tinha ficado mais tempo? Ainda corria algum risco? Começou a prestar atenção a cada gesto, cada movimento dos dois; sabia que era inútil fazer perguntas, eles jamais diriam a verdade – mas, se fosse esperta, poderia entender o que estava a acontecer.

– Diga o seu nome, morada, estado civil e data do nascimento – continuou o mais velho.

Veronika sabia o seu nome, o seu estado civil e a sua data de nascimento, mas reparou que havia espaços em branco na sua memória: ela não conseguia lembrar-se bem da sua morada.

O médico apontou uma lanterna aos seus olhos, e examinou-os prolongadamente, em silêncio. O mais jovem fez a mesma coisa. Os dois trocaram olhares, que não significavam absolutamente nada.

– Você disse à enfermeira da noite que não sabíamos ver a sua alma? – perguntou o mais jovem.

Veronika não se lembrava. Tinha dificuldades em saber exactamente quem era, e o que estava a fazer ali.

– Você tem sido constantemente induzida ao sono através de calmantes, e isso pode afectar um pouco a sua memória. Por favor, tente responder a tudo o que perguntarmos.

E os médicos começaram um questionário absurdo, querendo saber quais os jornais importantes em Lubljana, quem era o poeta cuja estátua está na praça principal (ah, aquilo ela não esqueceria nunca, todo o esloveno traz a imagem de Preseren gravado na alma), a cor do cabelo da sua mãe, o nome dos amigos de trabalho, os livros mais requisitados da biblioteca.

No início, Veronika cogitou não responder – a sua memória continuava confusa. Mas, à medida que o questionário avançava, ela ia reconstruindo o que havia esquecido. Em determinado momento, lembrou-se que agora estava num hospício, e os loucos não têm nenhuma obrigação de ser coerentes; mas, para seu próprio bem, e para manter os médicos por perto, a fim de ver se conseguia descobrir algo mais a respeito do seu estado, ela começou a fazer um esforço mental. À medida que citava os nomes e factos, não recuperava apenas a memória – mas também a sua personalidade, os seus desejos, a sua maneira de ver a vida. A ideia do suicídio, que naquela manhã parecia enterrada debaixo de várias camadas de sedativos, voltava novamente à tona.

– Está bem – disse o mais velho, no fim do interrogatório.

– Quanto tempo vou ficar ainda aqui?

O mais jovem baixou os olhos, e ela sentiu que tudo ficara suspenso no ar – como se, a partir da resposta para aquela pergunta, uma nova história da sua vida fosse escrita, e ninguém mais conseguisse modificá-la.

– Pode dizer – comentou o mais velho. – Muitos outros pacientes já ouviram os boatos, e ela vai acabar por saber de qualquer maneira; é impossível ter segredos neste local.

– Bem, foi você que determinou o seu próprio destino – suspirou o jovem, medindo cada palavra. – Então, saiba das consequências do seu acto: durante o coma provocado pelos narcóticos, o seu coração foi irremediavelmente afectado. Houve uma necrose no ventrículo...

– Seja mais simples – disse o mais velho. – Vá directamente ao que interessa.

– O seu coração foi irremediavelmente afectado. E vai deixar de bater em breve.

– O que significa isso? – perguntou, assustada.

– O facto do coração deixar de bater significa apenas uma coisa: morte física. Não sei quais são as suas crenças religiosas, mas...

– Em quanto tempo vai o meu coração parar? – interrompeu Veronika.

– Cinco dias, uma semana no máximo.

Veronika deu-se conta que, por trás da aparência e do comportamento profissional, por trás do ar de preocupação, aquele rapaz estava a ter um imenso prazer no que dizia. Como se ela merecesse o castigo, e servisse de exemplo a todos os outros.

Durante toda a sua vida, Veronika percebera que um imenso grupo de pessoas que conhecia comentavam os horrores da vida alheia como se estivessem muito preocupados em ajudar – mas na verdade compraziam-se com o sofrimento dos outros, porque isso fazia-os acreditar que eram felizes, que a vida tinha sido generosa para com eles. Ela detestava este tipo de gente: não ia dar àquele rapaz nenhuma oportunidade para se aproveitar do seu estado, para ocultar as suas próprias frustrações.

Manteve os olhos fixos nos dele. E sorriu.

– Então eu não falhei.

– Não – foi a resposta. Mas o seu prazer em dar notícias trágicas havia desaparecido.

Durante a noite, porém, começou a sentir medo. Uma coisa era a acção rápida dos comprimidos, outra era ficar à espera da morte cinco dias, uma semana – depois de já se ter vivido tudo que era possível.

Passara a sua vida sempre à espera de alguma coisa: o pai voltar do trabalho, a carta do namorado que não chegava, os exames do final do ano, o comboio, o autocarro, o telefonema, o dia das férias, o final das férias. Agora precisava de esperar a morte, que vinha com data marcada.

«Isto só podia acontecer comigo. Normalmente as pessoas morrem exactamente no dia em que acham que não vão morrer.»

Tinha que sair dali, e arranjar novos comprimidos. Se não conseguisse, e a única solução fosse lançar-se do alto de um prédio em Lubljana, ela fá-lo-ia: tentara poupar os seus pais de sofrimento extra, mas agora não havia mais remédio.

Olhou à sua volta. Todos as camas estavam ocupadas, as pessoas dormiam, algumas ressonavam alto. As janelas tinham grades. Ao fundo do dormitório, havia uma pequena luz acesa, enchendo o ambiente de sombras estranhas, e permitindo que o local estivesse constantemente vigiado. Perto da luz, uma mulher lia um livro.

«Estas enfermeiras devem ser muito cultas. Passam a vida a ler.»

A cama de Veronika era a mais afastada da porta – entre ela e a mulher havia quase vinte camas. Levantou-se com dificuldade, porque – a acreditar no que dissera o médico – estava há quase três semanas sem caminhar. A enfermeira levantou os olhos, e viu a jovem que se aproximava levando a sua embalagem de soro.

– Quero ir à casa de banho – sussurrou, com medo de acordar as outras loucas.

A mulher, num gesto descuidado, apontou para uma porta. A mente de Veronika trabalhava rapidamente, procurando em todos os cantos uma saída, uma brecha, uma maneira de deixar aquele lugar. «Tem que ser rápido, enquanto acham que ainda estou frágil, incapaz de reagir.»

Olhou cuidadosamente à sua volta. A casa de banho era um cubículo sem porta. Se quisesse sair dali, teria que agarrar a vigilante e dominá-la para conseguir a chave – mas estava demasiado fraca para isso.

– Isto é uma prisão? – perguntou à vigilante, que tinha abandonado a leitura e agora acompanhava todos os seus movimentos.

– Não. Um hospício.

– Eu não sou louca.

A mulher riu.

– É exactamente o que todos dizem aqui.

– Está bem. Então sou louca. O que é um louco?

A mulher disse que Veronika não devia ficar muito tempo em pé, e mandou-a de volta para a sua cama.

– O que é um louco? – insistiu Veronika.

– Pergunte ao médico amanhã. E vá dormir ou terei, a contragosto, que lhe dar um calmante.

Veronika obedeceu. No caminho de volta, ouviu alguém sussurrar de uma das camas:

«Não sabes o que é um louco?»

Por um instante, ela pensou não responder: não queria fazer amigos, desenvolver círculos sociais, arranjar aliados para uma grande sublevação em massa. Tinha apenas uma ideia fixa: morte. Se fosse impossível fugir, arranjaria uma maneira de se matar ali mesmo, o quanto antes possível.

Mas a mulher repetiu a mesma pergunta que ela fizera à vigilante.

– Não sabes o que é um louco?

– Quem és tu?

– O meu nome é Zedka. Vai até à tua cama. Depois, quando a vigilante pensar que já estás deitada, arrasta-te pelo chão e vem até aqui.

Veronika voltou ao seu lugar, e esperou que a vigilante voltasse a concentrar-se no livro. O que era um louco? Não fazia a menor ideia, porque esta palavra era empregada de uma maneira completamente anárquica: diziam, por exemplo,

que certos desportistas eram loucos por deseja-
rem bater recordes. Ou que os artistas eram
loucos, pois viviam de uma maneira insegura,
inesperada, diferente de todos os «normais». Por
outro lado, Veronika já vira muita gente andar
nas ruas de Lubljana, mal agasalhadas durante
o Inverno, a pregar o fim do mundo, a empurrar
carrinhos de supermercado cheios de sacolas e
trapos.

Estava sem sono. Segundo o médico, dormira
quase uma semana, demasiado tempo para quem
estava acostumada a uma vida sem grandes emoções, mas com horários rígidos de descanso. O
que era um louco? Talvez fosse melhor perguntar a um deles.

Veronika agachou-se, tirou a agulha do braço,
e foi até onde estava Zedka, tentando não dar importância ao estômago que começava a dar voltas;
não sabia se o enjoo era resultado do seu coração
enfraquecido, ou do esforço que estava a fazer.

– Não sei o que é um louco – sussurrou Veronika. – Mas eu não sou. Sou uma suicida frus-
trada.

– Louco é quem vive no seu próprio mundo.
Como os esquizofrénicos, os psicopatas, os maníacos. Ou seja, pessoas que são diferentes das
outras.

– Como tu?

– No entanto – continuou Zedka, fingindo não
ter ouvido o comentário – já deves ter ouvido falar de Einstein, que dizia que não havia tempo
nem espaço, mas uma união dos dois. Ou Co-

lombo, que insistia que do outro lado do mar não estava um abismo, e sim um continente. Ou de Edmond Hillary, que garantia que um homem podia chegar ao topo do Evereste. Ou dos Beatles, que fizeram uma música diferente e se vestiram como pessoas totalmente fora da sua época. Todas estas pessoas – e milhares de outras – também viviam no seu mundo.

«Esta demente está a dizer coisas que fazem sentido», pensou Veronika, lembrando-se de histórias que a sua mãe contava, sobre santos que garantiam falar com Jesus ou a Virgem Maria. Viviam num mundo à parte?

– Já vi uma mulher com um vestido vermelho decotado, os olhos vidrados, a andar pelas ruas de Lubljana, quando o termómetro marcava 5° abaixo de zero. Achei que ela estava bêbada e fui ajudá-la, mas ela recusou o meu casaco.

– Talvez, no seu mundo, fosse Verão; e o seu corpo estivesse quente pelo desejo de alguém que a esperava. Mesmo que essa outra pessoa existisse apenas no seu delírio, ela tem o direito de viver e morrer como quiser, não achas?

Veronika não sabia o que dizer, mas as palavras daquela louca faziam sentido. Quem sabe, não era ela a mulher que vira seminua nas ruas de Lubljana?

– Vou contar-te uma história – disse Zedka. – Um poderoso feiticeiro, querendo destruir um reino, deitou uma poção mágica no poço onde todos os seus habitantes bebiam. Quem bebesse aquela água ficaria louco.

»Na manhã seguinte, a população inteira bebeu, e todos enlouqueceram, menos o rei – que tinha um poço só para si e para a sua família, onde o feiticeiro não conseguira entrar. Preocupado, ele tentou controlar a população com uma série de medidas de segurança e saúde pública: mas os polícias e inspectores tinham bebido a água envenenada, e acharam um absurdo as decisões do rei, resolvendo não as respeitar de modo nenhum.

»Quando os habitantes daquele reino tiveram conhecimento dos decretos, ficaram convencidos de que o soberano enlouquecera, e agora escrevia coisas sem sentido. Aos gritos, foram até ao castelo e exigiram que renunciasse.

»Desesperado, o rei prontificou-se a deixar o trono, mas a rainha impediu-o, dizendo: «*Vamos agora até à fonte, e beberemos também. Assim, ficaremos iguais a eles.*»

»E assim foi feito: o rei e a rainha beberam a água da loucura, e começaram imediatamente a dizer coisas sem sentido. Na mesma hora, os seus súbditos arrependeram-se: agora que o rei mostrava tanta sabedoria, porque não deixá-lo a governar o país?

»O país continuou em paz, embora os seus habitantes se comportassem de maneira muito diferente da dos seus vizinhos. E o rei pôde governar até ao final dos seus dias.

Veronika riu.

– Tu não pareces louca – disse.

– Mas sou, embora esteja a ser curada, porque o meu caso é simples: basta reintroduzir no organismo uma determinada substância química. No entanto, espero que esta substância resolva apenas o meu problema de depressão crónica; quero continuar louca, viver a minha vida da maneira que sonho, e não da maneira que os outros desejam. Sabes o que existe lá fora, além dos muros de Villete?

– Gente que bebeu do mesmo poço.

– Exactamente – disse Zedka. – Acham que são normais, porque fazem todos a mesma coisa. Vou fingir que também bebi daquela água.

– Pois eu bebi, e é esse, justamente, o meu problema. Nunca tive depressão, nem grandes alegrias, ou tristezas que durassem muito. Os meus problemas são iguais aos de toda a gente.

Zedka ficou algum tempo em silêncio.

– Tu vais morrer, disseram-nos.

Veronika hesitou um instante: podia confiar naquela estranha? Mas precisava de arriscar.

– Só daqui a cinco, seis dias. Tenho estado a pensar se existe um meio de morrer antes. Se tu, ou alguém aqui dentro, conseguisse arranjar novos comprimidos, tenho a certeza de que o meu coração não aguentaria desta vez. Entende o quanto estou a sofrer por ter que ficar à espera da morte, e ajuda-me.

Antes que Zedka pudesse responder, a enfermeira apareceu com uma injecção.

– Posso dá-la eu mesma – disse. – Mas, dependendo da sua vontade, posso pedir aos guardas lá fora que me ajudem.

– Não gastes a tua energia à toa – disse Zedka a Veronika. – Poupa as tuas forças, se quiseres conseguir o que me pedes.

Veronika levantou-se, voltou à sua cama, e deixou que a enfermeira cumprisse a sua tarefa.

Foi o seu primeiro dia normal num asilo de loucos. Saiu da enfermaria, tomou o pequeno almoço no grande refeitório onde homens e mulheres comiam juntos. Reparou que, ao contrário do que mostravam nos filmes – escândalos, gritarias, pessoas fazendo gestos demenciais – tudo parecia envolto numa aura de silêncio opressivo; parecia que ninguém desejava repartir o seu mundo interior com estranhos.

Depois do pequeno almoço – razoável, não se podia culpar as refeições pela péssima fama de Villete – saíram todos para um banho de Sol. Na verdade, não havia Sol algum – a temperatura estava abaixo de zero, e o jardim encontrava-se coberto de neve.

– Não estou aqui para conservar a minha vida, mas para perdê-la – disse Veronika a um dos enfermeiros.

– Mesmo assim, precisa de sair para o banho de Sol.

– Vocês é que são loucos: não há Sol!

– Mas há luz, e ela ajuda a acalmar os internos. Infelizmente o nosso Inverno dura muito; se não fosse assim, teríamos menos trabalho.

Era inútil discutir: saiu, caminhou um pouco, olhando tudo à sua volta, e procurando disfarçadamente uma maneira de fugir. O muro era alto, como exigiam os construtores de quartéis antigos, mas as guaritas para as sentinelas estavam desertas. O jardim era contornado por prédios de aparência militar, que hoje abrigavam enfermarias masculinas e femininas, os escritórios de administração e as dependências dos empregados. Ao fim de uma primeira e rápida inspecção, notou que o único lugar realmente vigiado era o portão principal, onde dois guardas verificavam a identidade de todos os que entravam e saíam.

Tudo parecia estar a voltar ao lugar no seu cérebro. Para fazer um exercício de memória, começou a tentar lembrar-se de pequenas coisas – como o lugar onde deixava a chave do seu quarto, o disco que acabara de comprar, o mais recente pedido que lhe fizeram na biblioteca.

– Sou Zedka – disse uma mulher, aproximando-se.

Na noite anterior, não pudera ver o seu rosto – estivera agachada ao lado da cama todo o tempo da conversa. Ela devia ter aproximadamente 35 anos, e parecia absolutamente normal.

– Espero que a injecção não tenha causado problemas. Com o tempo o organismo acostuma-se, e os calmantes perdem o efeito.

– Estou bem.

– Aquela nossa conversa ontem à noite... o que me pediste, lembras-te?

– Perfeitamente.

Zedka agarrou-a por um braço, e começaram a caminhar juntas, por entre as muitas árvores sem folhas do pátio. Além dos muros, podiam-se ver as montanhas desaparecendo nas nuvens.

– Está frio, mas é uma manhã bonita – disse Zedka. – É curioso, mas a minha depressão nunca aparecia em dias como este, nublados, cinzentos, frios. Quando o tempo estava assim, eu sentia que a natureza estava de acordo comigo, mostrava a minha alma. Por outro lado, quando aparecia o Sol, as crianças começavam a brincar nas ruas, e todos estavam contentes com a beleza do dia, eu sentia-me péssima. Como se fosse injusto que toda aquela exuberância se mostrasse, e eu não pudesse participar.

Com delicadeza, Veronika soltou-se do braço da mulher. Não gostava de contactos físicos.

– Interrompeste a tua frase. Estavas a falar do meu pedido.

– Há um grupo aqui dentro. São homens e mulheres que já podiam ter alta e estar em casa – mas não querem sair. As razões para isso são muitas: Villete não é tão mau como dizem, embora esteja longe de ser um hotel de cinco estrelas. Aqui dentro, todos podem dizer o que pensam, fazer o que desejam, sem ouvir qualquer tipo de crítica: afinal de contas, estão num hospício. Então, aquando das inspecções do governo, esses homens e mulheres comportam-se como se estivessem num grau de insanidade perigosa, já que alguns deles estão aqui às custas do Estado. Os médicos sabem disso, mas parece que existe uma ordem dos donos que permite que esta situação permaneça como está – já que existem mais vagas do que doentes.

– Eles podem arranjar os comprimidos?

– Procura falar com eles; chamam o seu grupo de *A Fraternidade*.

Zedka apontou para uma mulher com cabelos brancos, que conversava animadamente com outras mulheres mais jovens.

– O nome dela é Mari, e pertence à Fraternidade. Pergunta-lhe.

Veronika começou a andar na direcção de Mari, mas Zedka interrompeu-a:

– Agora não: ela está a divertir-se. Não irá interromper o que lhe dá prazer, só para ser simpática com uma estranha. Se ela reagir mal, tu nunca mais terás uma oportunidade de te aproximares. Os *loucos* acreditam sempre na primeira impressão.

Veronika riu com a entoação que Zedka deu à palavra *loucos*. Mas ficou inquieta, porque aquilo tudo parecia normal, bom de mais. Depois de tantos anos do trabalho para o bar, do bar para a cama de um namorado, da cama para o quarto, do quarto para a casa da mãe – agora ela estava a viver uma experiência com a qual nunca sonhara: o asilo, a loucura, o hospício. Onde as pessoas não sentiam vergonha de se confessar loucas. Onde ninguém interrompia o que gostava, só para ser simpático com os outros.

Começou a duvidar se Zedka estava a falar a verdade, ou se era uma maneira que os doentes mentais adoptam para fingir que vivem num mundo melhor do que o dos outros. Mas que importância tinha isso? Estava a viver algo interessante, diferente, jamais esperado: imagine-se um lugar onde as pessoas se fingem loucas, para fazer exactamente o que querem?

Nesse exacto momento, o coração de Veronika deu uma pontada. A conversa com o médico voltou imediatamente ao seu pensamento, e ela assustou-se.

– Quero andar sozinha – disse para Zedka. Afinal de contas, também era uma louca, e não precisava de agradar a ninguém.

A mulher afastou-se, e Veronika ficou a contemplar as montanhas além dos muros de Villete. Uma leve vontade de viver pareceu surgir, mas Veronika afastou-a com determinação.

«Preciso de arranjar depressa os comprimidos.»

Reflectiu sobre a sua situação ali; estava longe de ser a ideal. Mesmo que lhe dessem a possibilidade de viver todas as loucuras de que tinha vontade, não saberia o que fazer.

Nunca tivera nenhuma loucura.

Depois de algum tempo no jardim, foram até ao refeitório e almoçaram. Em seguida, os enfermeiros conduziram os homens e as mulheres até uma gigantesca sala de estar, muito espaçosa –

mesas, cadeiras, sofás, um piano, uma televisão, e amplas janelas de onde se podia ver o céu cinzento e as nuvens baixas. Nenhuma delas tinha grades, porque a sala dava para o jardim. As portas estavam fechadas por causa do frio, mas bastava girar a maçaneta, e poderia sair para caminhar de novo entre as árvores.

A maior parte das pessoas foi para a frente da televisão. Outros olhavam o vazio, alguns conversavam em voz baixa consigo mesmos – mas quem não fizera isso em algum momento da sua vida? Veronika reparou que a mulher mais velha, Mari, estava agora junto a um grupo maior, num dos cantos da gigantesca sala. Alguns dos internos passeavam ali perto, e Veronika tentou juntar-se a eles: queria ouvir o que estavam a dizer.

Procurou disfarçar ao máximo as suas intenções. Mas quando chegou perto, eles calaram-se e – todos juntos – olharam para ela.

– O que quer? – disse um senhor idoso, que parecia ser o líder da Fraternidade (se é que tal grupo realmente existia, e Zedka não era mais louca do que aparentava).

– Nada, só estava a passar.

Todos se entreolharam, e fizeram alguns gestos demenciais com a cabeça. Um comentou com o outro: «Ela só estava a passar!» Outro repetiu, em voz mais alta, e – em pouco tempo – todos começaram a gritar a mesma frase.

Veronika não sabia o que fazer, e ficou paralisada de medo. Um enfermeiro, forte e mal encarado, veio saber o que estava a acontecer.

– Nada – respondeu um do grupo. – Ela só estava a passar. Está parada aí, mas vai continuar a passar!

O grupo inteiro desatou às gargalhadas. Veronika assumiu um ar irónico, sorriu, deu meia volta e afastou-se, para que ninguém notasse que os seus olhos se enchiam de lágrimas. Saiu directamente para o jardim, sem agasalho. Um enfermeiro tentou convencê-la a voltar, mas logo apareceu outro que sussurrou algo – e os dois deixaram-na em paz, no frio. Não adiantava cuidar da saúde de uma pessoa condenada.

Estava confusa, tensa, irritada consigo mesma. Nunca se deixara levar por provocações; aprendera desde cedo que era preciso manter o ar frio, distante, sempre que uma nova situação se apresentasse. Aqueles loucos, no entanto, tinham conseguido fazer com que tivesse vergonha, medo, raiva, vontade de matá-los, de feri-los com palavras que não ousara dizer.

Talvez os comprimidos – ou o tratamento para tirá-la do coma – a tivessem transformado numa mulher frágil, incapaz de reagir por si mesma. Já enfrentara situações muito piores na sua adolescência, e, pela primeira vez, não conseguira controlar o choro! Precisava de voltar a ser quem era, saber reagir com ironia, fingir que as ofensas nunca a atingiam, pois era superior a todos. Quem, daquele grupo, tivera a coragem de desejar a morte? Quais daquelas pessoas podiam querer ensinar-lhe sobre a vida, se estavam todas escondidas atrás dos muros de Villete? Nunca iria depender da ajuda delas para nada – mesmo que tivesse que esperar cinco ou seis dias para morrer.

«Um dia já passou. Faltam apenas quatro ou cinco.»

Andou um pouco, deixando que o frio abaixo de zero entrasse no seu corpo e acalmasse o sangue que corria depressa, o coração que batia rápido de mais.

«Muito bem, aqui estou eu, com as horas literalmente contadas, e a dar importância aos comentários de gente que nunca vi, e que em breve nunca mais verei. E eu sofro, irrito-me, quero atacar e defender. Para quê perder tempo com isso?»

A realidade, porém, é que estava a gastar o pouco tempo que lhe sobrava, para lutar pelo seu espaço num ambiente estranho, onde era preciso resistir, ou os outros impunham as suas regras.

«Não é possível. Eu nunca fui assim. Eu nunca lutei por parvoíces.»

Parou no meio do jardim gelado. Justamente, porque achava que tudo era pouco importante, é que acabara por aceitar o que a vida lhe tinha naturalmente imposto. Na adolescência, achava que era demasiado cedo para escolher; agora, na juventude, convencera-se que era tarde de mais para mudar.

E onde gastara toda a sua energia, até ao momento? A tentar fazer com que tudo na sua vida continuasse na mesma. Sacrificara muitos dos seus desejos, para que os seus pais continuassem a amá-la como a amavam quando criança, embora sabendo que o verdadeiro amor se modifica com o tempo, e cresce, e descobre novas maneiras de se expressar. Certo dia, quando ouvira a mãe – a chorar – dizer-lhe que o casamento tinha acabado, Veronika fora em busca do pai, chorara, ameaçara, e finalmente arrancara a promessa de que ele não sairia de casa – sem imaginar o preço alto que os dois deviam estar a pagar por causa disso.

Quando resolveu arranjar um emprego, deixou de lado uma proposta tentadora numa companhia que acabava de se instalar no seu recém-criado país, para aceitar o trabalho na biblioteca pública, onde o dinheiro era pouco, mas seguro. Ia trabalhar todos os dias, no mesmo horário, deixando sempre claro aos seus chefes que não a vissem como uma ameaça, ela estava satisfeita, não pretendia lutar para crescer: tudo o que desejava era o ordenado ao fim do mês.

Alugou o quarto no convento porque as freiras exigiam que todas as inquilinas voltassem a determinada hora, e depois fechavam a porta: quem ficasse do lado de fora, tinha que dormir na rua. Ela podia dar sempre uma desculpa verdadeira aos namorados, para não ser obrigada a passar a noite em hotéis ou camas estranhas.

Quando sonhava casar, imaginava-se sempre num pequeno chalé fora de Lubljana, com um homem que fosse diferente do seu pai, que ganhasse apenas o suficiente para sustentar a família, que ficasse contente com o facto de que os dois estavam juntos numa casa com a lareira acesa, a olhar as montanhas cobertas de neve.

Educara-se a si mesma para dar aos homens uma quantia exacta de prazer – nem mais, nem menos, apenas o necessário. Não sentia raiva de ninguém, porque isso significava ter que reagir, combater um inimigo – e depois ter que aguentar consequências imprevisíveis, como vingança.

Quando conseguiu quase tudo o que desejava na vida, chegou à conclusão que a sua existência não tinha sentido, porque todos os dias eram iguais. E decidira morrer.

Veronika voltou a entrar, e foi direita ao grupo reunido num dos cantos da sala. As pessoas conversavam, animadas, mas calaram-se assim que ela chegou.

Dirigiu-se ao homem mais idoso, que parecia ser o chefe. Antes que alguém pudesse detê-la, deu-lhe uma sonora bofetada.

– Vai reagir? – perguntou alto, para que todos na sala ouvissem. – Vai fazer alguma coisa?

– Não. – O homem passou a mão no rosto. Um pequeno fio de sangue escorreu do seu nariz. – Você não vai perturbar-nos por muito tempo.

Ela deixou a sala de estar e caminhou para a sua enfermaria, com um ar triunfante. Tinha feito algo que nunca fizera na sua vida.

Três dias se passaram desde o incidente com o grupo que Zedka chamava «A Fraternidade». Arrependera-se da bofetada – não por medo da reacção do homem, mas porque fizera algo diferente. Em breve, podia ficar convencida de que a vida valia a pena, um sofrimento inútil – já que teria que partir deste mundo de qualquer maneira.

A sua única saída foi afastar-se de tudo e de todos, tentar de todas as maneiras ser como era antes, obedecer às ordens e regulamentos de Villete. Adaptou-se à rotina imposta pela casa de saúde: acordar cedo, café da manhã, passeio no jardim, almoço, sala de estar, novo passeio no jardim, ceia, televisão e cama.

Antes de dormir, aparecia sempre uma enfermeira com medicamentos. Todas as outras mulheres tomavam comprimidos, ela era a única a quem davam uma injecção. Nunca protestou; apenas quis saber porque lhe davam tantos calmantes, já que nunca tivera problemas para dormir. Explicaram que a injecção não era um sonífero, mas um remédio para o seu coração.

E assim, obedecendo à rotina, os dias do hospício começaram a ficar iguais. Quando ficam iguais, passam mais rapidamente: mais dois ou três dias, e não seria necessário lavar os dentes ou pentear o cabelo. Veronika sentia o seu coração a enfraquecer rapidamente: perdia o fôlego com facilidade, sentia dores no peito, não tinha apetite, e ficava tonta de cada vez que fazia qualquer esforço.

Depois do incidente com a Fraternidade, chegara a pensar algumas vezes: «Se eu tivesse uma escolha, se tivesse compreendido antes que os meus dias eram iguais porque eu assim os desejava, talvez...»

Mas a resposta era sempre a mesma: «Não há talvez, porque não há escolha.» E a paz interior voltava, porque tudo estava determinado. Nesse período, desenvolveu uma relação (não uma amizade, porque amizade exige uma longa convivência, e isso seria impossível) com Zedka. Jogavam cartas – o que ajuda o tempo a passar mais depressa – e às vezes caminhavam juntas, em silêncio, pelo jardim.

Na manhã daquele dia, logo depois do pequeno almoço, saíram todos para o «banho de Sol» – conforme exigia o regulamento. Um enfermeiro, porém, pediu a Zedka que voltasse à enfermaria, pois era o dia do «tratamento».

Veronika estava a tomar café com ela, e ouviu o comentário.

– O que é o «tratamento»?

– É um processo antigo, da década de 60, mas os médicos acham que pode acelerar a recuperação. Queres ver?

– Disseste que tinhas uma depressão. Não basta tomar o remédio para repor a tal substância que falta?

– Queres ver? – insistiu Zedka.

Ia sair da rotina, pensou Veronika. Ia descobrir coisas novas, quando não precisava de aprender mais nada – apenas ter paciência. Mas a sua curiosidade foi mais forte, e ela fez que sim com a cabeça.

— Isto não é uma exibição — protestou o enfermeiro.

— Ela vai morrer. E não viveu nada. Deixe-a vir connosco.

Veronika viu a mulher ser amarrada à cama, sempre com um sorriso nos lábios.

– Diga-lhe o que está a acontecer – disse Zedka ao enfermeiro. – Ou ela vai ficar assustada.

Ele virou-se e mostrou uma injecção. Parecia feliz por ser tratado como um médico, que explica aos estagiários os procedimentos correctos e os tratamentos adequados.

– Nesta seringa está uma dose de insulina – disse, dando às suas palavras um tom grave e técnico. – É usada por diabéticos para combater as elevadas doses de açúcar no sangue. No entanto, quando a dose é muito mais elevada que a habitual, a queda da taxa de açúcar provoca o estado de coma.

Ele bateu levemente na agulha, tirou o ar, e aplicou-a na veia do pé direito de Zedka.

– É o que vai acontecer agora. Ela vai entrar num coma induzido. Não se assuste se os seus olhos ficarem vidrados, e não espere que a reconheça enquanto estiver sob o efeito da medicação.

– Isso é horroroso, desumano. As pessoas lutam para sair, e não para entrar em coma.

– As pessoas lutam para viver, e não para se suicidarem – respondeu o enfermeiro, mas Veronika ignorou a provocação. – E o estado de coma deixa o organismo em repouso; as suas funções são drasticamente reduzidas, a tensão existente desaparece.

Enquanto falava, injectava o líquido, e os olhos de Zedka iam perdendo o brilho.

– Fica tranquila – dizia Veronika para a Zedka. – Tu és absolutamente normal, a história que tu me contaste sobre o rei...

– Não perca o seu tempo. Ela já não pode ouvi-la.

A mulher deitada na cama, que minutos antes parecia lúcida e cheia de vida, tinha agora os olhos fixos num ponto qualquer, e espuma a sair-lhe da boca.

– O que é que fez? – gritou ao enfermeiro.

– O meu dever.

Veronika começou a chamar Zedka, a gritar, a ameaçar com a polícia, os jornais, os direitos humanos.

– Fique calma. Mesmo num sanatório, é preciso respeitar algumas regras.

Ela viu que o homem estava a falar a sério, e teve medo. Mas, como não tinha mais nada a perder, continuou a gritar.

De onde estava, Zedka podia ver a enfermaria com todas as camas vazias – excepto uma, onde repousava o seu corpo amarrado, com uma menina a olhar espantada para ela. A menina não sabia que aquela pessoa na cama ainda tinha as suas funções biológicas a funcionar perfeitamente, mas sua alma estava no ar, quase tocava o tecto, experimentando uma profunda paz.

Zedka estava a fazer uma viagem astral – algo que tinha sido uma surpresa durante o primeiro choque de insulina. Não tinha comentado com ninguém; estava ali apenas para curar uma depressão, e pretendia deixar aquele lugar para sempre, assim que as suas condições o permitissem. Se começasse a comentar que tinha saído do corpo, pensariam que estava mais louca do que quando entrara em Villete. No entanto, assim que voltara ao corpo, começara a ler sobre aqueles dois temas: o choque de insulina e a estranha sensação de flutuar no espaço.

Não havia muita coisa sobre o tratamento: tinha sido aplicado pela primeira vez por volta de 1930, mas fora completamente banido dos hospitais psiquiátricos, pela possibilidade de causar danos irreversíveis no paciente. Uma vez, durante uma sessão de choque, visitara em corpo astral o escritório do Dr. Igor, justamente no momento em que ele discutia o tema com alguns dos donos do asilo. «É um crime!», dizia ele. «Mas é mais barato e mais rápido!», respondera um dos accionistas. «Além disso, quem se interessa por direitos de loucos? Ninguém vai protestar!»

Mesmo assim, alguns médicos ainda o consideravam como uma forma rápida de tratar a depressão. Zedka procurara – e pedira emprestado – todo o género de textos que tratassem do choque insulínico, principalmente o relato de pacientes que já tinham passado por aquilo. A história era sempre a mesma: horrores e mais horrores, sem que nenhum deles tivesse experimentado qualquer coisa parecida com o que ela vivia neste momento.

Concluiu – com toda razão – que não havia qualquer relação entre a insulina e a sensação de que a sua consciência saía do corpo. Muito pelo contrário, a tendência daquele tipo de tratamento era diminuir a capacidade mental do paciente.

Começou a pesquisar sobre a existência da alma, passou por alguns livros de ocultismo, até que um dia acabou por encontrar uma vasta literatura que descrevia exactamente o que ela experimentava: chamava-se «viagem astral», e muitas pessoas já tinham passado por isso. Algumas resolveram descrever o que tinham sentido, e outras chegaram mesmo a desenvolver técnicas para provocar a saída do corpo. Zedka agora conhecia essas técnicas de cor, e utilizava-as todas as noites, para ir aonde queria.

Os relatos das experiências e visões variavam, mas todos tinham alguns pontos em comum: o estranho e irritante ruído que precede a separação do corpo e do espírito, seguido do choque, de uma rápida perda de consciência e, logo, a paz e a alegria de estar a flutuar no ar, presos ao corpo por um cordão prateado – um cordão que podia esticar-se indefinidamente, embora corressem lendas (nos livros, é claro) de que a pessoa morreria se deixasse o tal fio de prata rebentar.

A sua experiência, porém, mostrara que podia ir tão longe quanto quisesse, e o cordão não se rompia nunca. Mas, de uma maneira geral, os livros tinham sido muito úteis para ensiná-la a aproveitar cada vez mais a viagem astral. Aprendera, por exemplo, que, quando quisesse ir de um lugar para o outro, tinha que *desejar* projectar-se no espaço, mentalizando onde queria chegar. Ao invés de fazer um percurso como os aviões – que saem de um lugar e percorrem determinada distância até chegar a outro ponto – a viagem astral era feita por túneis misteriosos. Mentalizava-se um lugar, entrava-se no tal túnel a uma velocidade espantosa, e o local desejado aparecia.

Fora também através dos livros que perdera o medo das criaturas que habitavam o espaço. Hoje não havia ninguém na enfermaria, mas da primeira vez que saíra do seu corpo encontrara muita gente a olhar, divertindo-se com a sua cara de surpresa.

A sua primeira reacção fora pensar que eram mortos, fantasmas que habitavam o local. Depois, com ajuda dos livros e da própria experiência, deu-se conta de que, embora alguns espíritos desencarnados vagassem por ali, havia entre eles muita gente tão viva quanto ela – que desenvolvera a técnica de sair do corpo, ou que não tinha consciência do que estava a acontecer, porque – em algum lugar do mundo – dormia profundamente, enquanto o seu espírito vagava livre pelo mundo.

Hoje – por ser sua última viagem astral com insulina, pois tinha acabado de visitar o escritório do Dr. Igor, e sabia que ele estava prestes a dar-lhe alta – ela decidira ficar a passear por Villete. A partir do momento em que cruzasse a porta de saída, nunca mais voltaria ali, nem mesmo em espírito, e queria despedir-se agora.

Despedir-se. Esta era a parte mais difícil: uma vez num asilo, a pessoa habitua-se à liberdade que existe no mundo da loucura, e acaba por ficar viciada. Já não tem mais que assumir responsabilidades, lutar pelo pão de cada dia, cuidar de coisas que são repetitivas e aborrecidas; pode ficar horas a olhar um quadro ou a fazer os desenhos mais absurdos. Tudo é tolerável porque – afinal de contas – a pessoa é doente mental. Como ela própria tivera ocasião de experimentar, a maior parte dos internos apresenta uma grande melhora assim que entra num hospício: já não precisa de esconder os seus sintomas, e o ambiente «familiar» ajuda-os a aceitar as suas próprias neuroses e psicoses.

No início, Zedka ficara fascinada por Villete, e chegou a cogitar, quando estivesse curada, em participar da Fraternidade. Mas percebeu que, com alguma sabedoria, poderia continuar a fazer lá fora tudo o que gostaria de fazer, enquanto lidava com os desafios da vida diária. Bastava manter, como alguém dissera, a *loucura controlada*. Chorar, preocupar-se, ficar irritada como qualquer ser humano normal, sem nunca esquecer que, lá em cima, o seu espírito se está a rir de todas as situações difíceis.

Em breve estaria de volta a sua casa, aos filhos, ao marido; e a essa parte da vida que também tem os seus encantos. Certamente teria dificuldade em encontrar trabalho – afinal, numa cidade pequena como Lubljana, as histórias correm com rapidez, e o seu internamento em Villete já era do conhecimento de muita gente. Mas o seu marido ganhava o suficiente para sustentar a família, e ela podia aproveitar o tempo livre para continuar a fazer as suas viagens astrais – sem a perigosa influência da insulina.

Só uma coisa não queria jamais experimentar de novo: o motivo que a trouxera para Villete.

Depressão.

O médicos diziam que uma substância recém-
-descoberta, a serotonina, era uma das responsáveis pelo estado de espírito do ser humano. A
falta de serotonina interferia com a capacidade
de se concentrar no trabalho, dormir, comer, e
desfrutar dos momentos agradáveis da vida.
Quando esta substância estava completamente
ausente, a pessoa sentia desânimo, pessimismo,
sensação de inutilidade, cansaço exagerado, an-
siedade, dificuldades para tomar decisões, e acabava por mergulhar numa tristeza permanente,
que a conduzia a uma apatia completa, ou ao
suicídio.

Outros médicos, mais conservadores, alega-
vam que mudanças drásticas na vida de alguém
– como mudança de país, perda de um ente querido, divórcio, aumento de exigências no trabalho ou na família – eram responsáveis pela depressão. Alguns estudos modernos, baseados no
número de internamentos no Inverno e no Verão, apontavam a falta de luz solar como um dos
elementos causadores da depressão.

No caso de Zedka, porém, as razões eram mais
simples do que todos supunham: um homem es-
condido no seu passado. Ou melhor: a fantasia
que criara em torno de um homem que conhecera há muito tempo atrás.

Que coisa idiota. Depressão, loucura por causa de um homem de quem nem sequer sabia
mais onde morava, por quem se apaixonara per-

didamente na sua juventude – já que, como todas as outras jovens da sua idade, Zedka era
uma pessoa absolutamente normal, e precisava
de passar pela experiência do Amor Impossível.

Só que, ao contrário das suas amigas, que apenas sonhavam com o Amor Impossível, Zedka resolvera ir mais longe: tentaria conquistá-lo. Ele morava do outro lado do Oceano, ela vendera tudo
para ir ao seu encontro. Ele era casado, ela aceitou o papel de amante, fazendo planos secretos
para um dia conquistá-lo como marido. Ele não
tinha tempo nem para si mesmo, mas ela resignou-
-se a passar dias e noites no quarto do hotel barato, esperando as suas raras chamadas telefónicas.

Apesar de estar disposta a suportar tudo, em
nome do amor, a relação não resultara. Ele nunca dissera isso directamente, mas um dia Zedka
entendeu que já não era bem-vinda, e voltara para a Eslovénia.

Passou alguns meses a alimentar-se mal, re-
cordando cada instante que estiveram juntos,
revendo milhares de vezes os momentos de alegria e prazer na cama, tentando descobrir alguma pista que lhe permitisse acreditar no futuro
daquela relação. Os seus amigos ficaram preocupados, mas algo no coração de Zedka dizia
que aquilo era passageiro: o processo de crescimento de uma pessoa exige um certo preço, que
ela estava a pagar sem reclamar. E assim foi:
certa manhã acordou com uma imensa vontade
de viver, alimentou-se como há muito tempo não
fazia, e saiu para arranjar um emprego.

Conseguiu não apenas o emprego, mas as atenções de um jovem bonito, inteligente, cortejado por muitas mulheres. Um ano depois, estava casada com ele.

Despertou a inveja e o aplauso das amigas. Os dois foram morar para uma casa confortável, com um quintal que dava para o rio que cruza Lubljana. Tiveram filhos, e viajavam para a Áustria ou para a Itália durante o Verão.

Quando a Eslovénia resolveu separar-se da Jugoslávia, ele foi convocado para o exército. Zedka era sérvia – ou seja, «o inimigo» – e toda a sua vida ameaçou entrar em colapso. Nos dez dias de tensão que se seguiram, com as tropas prontas a enfrentar-se – e sem ninguém saber bem qual o resultado da declaração de independência, e o sangue que precisava de ser derramado por causa dela – Zedka deu-se conta do seu amor. Passava todo o tempo a rezar a um Deus que até então lhe parecera distante, mas que agora era a sua única saída: prometeu aos santos e anjos qualquer coisa para ter o seu marido de volta.

E assim foi. Ele voltou, os filhos puderam ir para escolas que ensinavam o idioma esloveno, e a ameaça de guerra moveu-se para a vizinha república da Croácia.

Três anos se passaram. A guerra da Jugoslávia com a Croácia moveu-se para a Bósnia, e começaram a aparecer denúncias de massacres cometidos pelos sérvios. Zedka achava aquilo injusto – julgar criminosa toda uma nação, por causa dos desvarios de alguns alucinados. A sua vida passou a ter um sentido que nunca esperara: defendeu com orgulho e bravura o seu povo – escrevendo em jornais, aparecendo na televisão, organizando conferências. Nada daquilo dera resultado, e até hoje os estrangeiros ainda pensavam que todos os sérvios eram responsáveis pelas atrocidades, mas Zedka sabia que tinha cumprido o seu dever, e não abandonara os seus irmãos numa hora difícil. Para isso, contara com o apoio do marido esloveno, dos filhos, e das pessoas que não eram manipuladas pelas máquinas de propaganda de ambos os lados.

Uma tarde, passou diante da estátua de Preseren, o grande poeta esloveno, e começou a pensar sobre a sua vida. Aos 34 anos, Preseren entrara certa vez numa igreja e vira uma jovem adolescente, Julia Primic, pela qual ficara perdidamente apaixonado. Como os antigos menestréis, começou a escrever-lhe poemas, na esperança de se casar com ela.

Acontece que Julia era filha de uma família da alta burguesia, e – afora aquela visão fortuita dentro da igreja – Preseren nunca mais conseguiu chegar perto dela. Mas aquele encontro inspirou os seus melhores versos, e criou a lenda em torno do seu nome. Na pequena praça central de Lubljana, a estátua do poeta mantém os olhos fixos numa direcção: quem seguir o seu olhar, descobrirá – do outro lado da praça – um rosto de mulher esculpido na parede de uma das casas. Era ali que morava Julia; Preseren, mesmo depois de morto, contempla para a eternidade o seu amor impossível.

E se ele tivesse lutado mais?

O coração de Zedka disparou – talvez fosse o pressentimento de algo ruim, um acidente com os seus filhos. Voltou a correr para casa: eles estavam a ver televisão e a comer pipocas.

A tristeza, porém, não passou. Zedka deitou--se, dormiu quase doze horas, e – quando acordou – não teve vontade de se levantar. A história de Preseren trouxera de volta a imagem daquele seu primeiro amante, de cujo destino nunca mais tivera notícias.

E Zedka perguntava-se: insisti eu o suficiente? Deveria ter aceite o papel da amante, ao invés de querer que as coisas andassem segundo as minhas próprias expectativas? Lutei pelo meu primeiro amor com a mesma garra com que lutei pelo meu povo?

Zedka convenceu-se que sim, mas a tristeza não passava. O que antes lhe parecia o paraíso – a casa perto do rio, o marido a quem amava, os filhos a comer pipocas diante da televisão – começou a transformar-se num inferno.

Hoje, depois de muitas viagens astrais e muitos encontros com espíritos desenvolvidos, Zedka sabia que tudo aquilo não tinha sentido. Usara o seu Amor Impossível como uma desculpa, um pretexto para romper os laços com a vida que levava, e que estava longe de ser aquilo que verdadeiramente esperava de si mesma.

Mas, doze meses atrás, a situação era outra: ela começou a procurar freneticamente o homem distante, gastara fortunas com chamadas internacionais, mas ele já não morava na mesma cidade, e foi impossível localizá-lo. Mandou cartas por correio expresso, que acabavam sendo devolvidas. Ligou para todas as amigas e amigos que o conheciam, e ninguém tinha a menor ideia do que lhe acontecera.

O seu marido não sabia de nada, e isso levava-a à loucura – porque ele devia pelo menos suspeitar de algo, fazer uma cena, queixar-se, ameaçar deixá-la no meio da rua. Passou a ter a certeza de que as telefonistas internacionais, os correios, as amigas tinham sido subornadas por ele – que fingia indiferença. Vendeu as jóias que recebera como prenda de casamento e comprou uma passagem para o outro lado do Oceano, até que alguém a convenceu que as Américas formavam um território imenso e não adiantava ir sem ter a certeza de onde chegar.

Certa tarde ela deitou-se, sofrendo por amor como nunca sofrera antes – nem mesmo quando tivera que voltar para o aborrecido quotidiano de Lubljana. Passou aquela noite e todo o dia seguinte no quarto. E mais outro. No terceiro, o seu marido chamou um médico – como era bondoso! Quanta preocupação por ela! Será que este homem não entendia que Zedka estava a tentar

encontrar-se com outro, cometer adultério, trocar a sua vida de mulher respeitada pela de uma
simples amante escondida, deixar Lubljana, a
sua casa, os seus filhos, para sempre?

O médico chegou, ela teve um ataque nervoso,
fechou a porta à chave – e só tornou a abri-la
quando ele se foi embora. Uma semana depois,
não tinha vontade nem de ir à casa de banho, e
passou a fazer as suas necessidades fisiológicas
na cama. Já não pensava mais, a cabeça estava
completamente tomada pelos fragmentos de memória do homem que – estava convencida – também a procurava sem conseguir encontrá-la.

O marido – irritantemente generoso – mudava
os lençóis, afagava a sua cabeça, dizia que tudo
ia acabar bem. Os filhos não entravam no quarto desde que ela esbofeteara um deles sem nenhum motivo – e depois ajoelhara-se, beijara os
seus pés implorando desculpas, rasgando a camisa de dormir em pedaços para mostrar o seu
desespero e arrependimento.

Depois de outra semana – em que cuspira a comida que lhe era oferecida, entrara e saíra desta
realidade várias vezes, passara noites inteiras
em claro e dias inteiros a dormir – dois homens
entraram no seu quarto sem bater. Um deles segurou-a, outro deu-lhe uma injecção, e ela acor-
dara em Villete.

«Depressão», ouvira o médico dizer ao seu marido. «Às vezes provocada pelos motivos mais banais. Falta um elemento químico, a serotonina,
no seu organismo.»

Do tecto da enfermaria, Zedka viu o enfermeiro chegar com uma seringa na mão. A rapariga continuava ali, parada, tentando conversar com o seu corpo, desesperada com o seu olhar vazio. Por alguns momentos, Zedka considerou a possibilidade de lhe contar tudo o que estava a acontecer, mas depois mudou de ideia; as pessoas nunca aprendem nada pelo que lhes é dito, precisam de descobrir por si mesmas.

O enfermeiro enfiou a agulha no seu braço, e injectou glicose. Como se tivesse sido puxado por um enorme braço, o seu espírito saiu do tecto da enfermaria, passou em alta velocidade por um túnel negro, e voltou ao corpo.

– Olá, Veronika.

A jovem tinha um ar apavorado.

– Tu estás bem?

– Estou. Felizmente consegui escapar deste tratamento perigoso, mas isso não se repetirá mais.

– Como é que sabes? Aqui, não respeitam ninguém.

Zedka sabia porque fora, em corpo astral, até ao gabinete do Dr. Igor.

– Eu sei, mas não tenho como explicar. Lembras-te da primeira pergunta que te fiz?

– «O que é a loucura?»

– Exactamente. Desta vez vou responder sem fábulas: a loucura é a incapacidade de comunicar as suas ideias. Como se estivesses num país estrangeiro – vês tudo, percebes o que se passa à tua volta, mas és incapaz de te explicar e de ser ajudada, porque não entendes a língua que falam ali.

– Todos nós já sentimos isso.

– Todos nós, de uma forma ou de outra, somos loucos.

Do lado de fora da janela gradeada, o céu estava coberto de estrelas, com uma Lua em quarto crescente que subia por trás das montanhas. Os poetas gostavam da Lua cheia, escreviam milhares de versos sobre ela, mas Veronika era apaixonada por aquela meia-Lua, porque ainda havia espaço para aumentar, expandir-se, encher de luz toda a sua superfície, antes da inevitável decadência.

Teve vontade de ir até ao piano na sala de estar, e celebrar aquela noite com uma linda sonata que aprendera no colégio; olhando o céu, tinha uma indescritível sensação de bem-estar, como se o infinito do Universo mostrasse também a sua própria eternidade. Mas estava separada do seu desejo por uma porta de aço, e uma mulher que nunca acabava de ler o seu livro. Além do mais, ninguém tocava piano àquela hora da noite – acabaria por acordar a vizinhança inteira.

Veronika riu. A «vizinhança» eram as enfermarias repletas de loucos, esses loucos, por sua vez, repletos de remédios para dormir.

A sensação de bem-estar, no entanto, continuava. Levantou-se e foi até à cama de Zedka, mas ela estava a dormir profundamente, talvez para recuperar da horrível experiência pela qual passara.

– Volte para a cama – disse a enfermeira. – Meninas boas estão a sonhar com os anjinhos ou com os namorados.

– Não me trate como uma criança. Não sou uma louca mansa, que tem medo de tudo. Sou furiosa, tenho ataques histéricos, não respeito nem a minha vida, nem a vida dos outros. Hoje, então, estou atacada. Olhei para a Lua, e quero conversar com alguém.

A enfermeira olhou-a, surpresa com a reacção.

– Você tem medo de mim? – insistiu Veronika. – Falta um ou dois dias para a minha morte, o que tenho eu a perder?

– Porque não vai dar uma passeio, menina, e deixa-me terminar o livro?

– Porque existe uma prisão, e uma carcereira, que finge ler um livro, apenas para mostrar aos outros que é uma mulher inteligente. Na verdade, porém, ela está atenta a cada movimento dentro da enfermaria, e guarda as chaves da porta como se fossem um tesouro. O regulamento deve dizer isso, e ela obedece, porque assim pode mostrar a autoridade que não tem na sua vida diária, com o seu marido e filhos.

Veronika tremia, sem perceber exactamente porquê.

– Chaves? – perguntou a enfermeira. – A porta está sempre aberta. Imagine se vou ficar aqui dentro trancada com um bando de doentes mentais!

«Como é que porta está aberta? Há alguns dias eu quis sair daqui, e esta mulher foi até à casa de banho vigiar-me. O que está ela a dizer-me?»

– Não me leve a sério – continuou a enfermeira. – O facto é que não precisamos de muito controlo, por causa dos comprimidos para dormir. Está a tremer de frio?

– Não sei. Acho que deve ser do meu coração.

– Se quiser, vá dar o seu passeio.

– Na verdade, o que eu gostaria mesmo era de tocar piano.

– A sala de estar é isolada, e o seu piano não perturbaria ninguém. Faça o que tiver vontade.

O tremor de Veronika transformou-se em soluços baixos, tímidos, contidos. Ela ajoelhou-se, e colocou a cabeça no colo da mulher, chorando sem parar.

A enfermeira deixou o livro, acariciou os seus cabelos, deixando que a onda de tristeza e pranto se fosse embora naturalmente. Ali ficaram as duas, por quase meia hora: uma que chorava sem dizer porquê, outra que consolava sem saber o motivo.

Os soluços finalmente pararam. A enfermeira levantou-a, agarrou-a pelo braço, e conduziu-a até à porta.

– Tenho uma filha da sua idade. Quando você chegou aqui, cheia de soros e tubos, fiquei a pensar porque é que uma moça bonita, jovem, que tem a vida pela frente, resolve matar-se.

»Depressa começaram a correr histórias: a carta que deixou – e que nunca acreditei ser o motivo real – e os dias contados por causa de um problema incurável no coração. A imagem da minha filha não saía da minha cabeça: e se ela resolve fazer alguma coisa igual? Porque é que certas pessoas tentam ir contra a ordem natural da vida – que é lutar para sobreviver de qualquer maneira?

– Por isso é que eu estava a chorar – disse Veronika. – Quando tomei os comprimidos, eu queria matar alguém que detestava. Não sabia que existia, dentro de mim, outras Veronikas que eu saberia amar.

– O que faz uma pessoa detestar-se a si mesma?

– Talvez a cobardia. Ou o eterno medo de estar errada, de não fazer o que os outros esperam. Há alguns minutos estava alegre, esqueci a minha sentença de morte; quando voltei a entender a situação em que me encontro, fiquei assustada.

A enfermeira abriu a porta, e Veronika saiu.

Ela não podia ter-me perguntado isso. O que quer ela, perceber porque chorei? Será que não sabe que sou uma pessoa absolutamente normal, com desejos e medos comuns a toda a gente, e que este tipo de pergunta – agora que já é tarde – pode fazer-me entrar em pânico?

Enquanto caminhava pelos corredores, iluminados pela mesma lâmpada fraca que vira na enfermaria, Veronika dava-se conta de que era tarde de mais: já não conseguia controlar o seu medo.

«Preciso de me controlar. Sou alguém que leva até ao fim qualquer coisa que decida fazer.»

Era verdade que levara até às últimas consequências muitas coisas na sua vida, mas só o que não era importante – como prolongar brigas que um pedido de desculpas resolveria, ou deixar de telefonar a um homem pelo qual estava apaixonada, por achar que aquela relação não levaria a nada. Fora intransigente justamente naquilo que era mais fácil: mostrar a si mesma a sua força e indiferença, quando na verdade era uma mulher frágil, que jamais conseguira destacar-se nos estudos, nas competições desportivas da sua escola, na tentativa de manter a harmonia no seu lar.

Superara os seus defeitos simples, só para ser derrotada nas coisas importantes e fundamentais. Conseguia dar a aparência da mulher independente, quando necessitava desesperadamente de uma companhia. Chegava aos lugares e todos a olhavam, mas geralmente terminava a noite sozinha, no convento, a olhar a televisão que nem sequer sintonizava bem os canais. Dera a todos os seus amigos a impressão de ser um modelo que eles deviam invejar – e gastara o melhor das suas energias tentando comportar-se à altura da imagem que criara para si mesma.

Por causa disso, nunca lhe sobraram forças para ser ela mesma – uma pessoa que, como todas as outras do mundo, necessitava dos outros para ser feliz. Mas os outros eram tão difíceis! Tinham reacções imprevisíveis, viviam cercados de defesas, comportavam-se também como ela, mostrando indiferença a tudo. Quando chegava alguém mais aberto para a vida, ou o rejeitavam imediatamente, ou o faziam sofrer, considerando-o inferior e «ingénuo».

Muito bem: podia ter impressionado muita gente com a sua força e determinação, mas onde tinha chegado? Ao vazio. À solidão completa. A Villete. À antessala da morte.

O remorso pela tentativa de suicídio voltou, e Veronika tornou a afastá-lo com firmeza. Porque agora estava a sentir algo que nunca se permitira: ódio.

Ódio. Algo quase tão físico como paredes, ou pianos, ou enfermeiras – ela quase podia tocar a energia destruidora que saía do seu corpo. Deixou que o sentimento viesse, sem se preocupar se era bom ou não – bastava de autocontrolo, de máscaras, de posturas convenientes, Veronika agora queria passar os seus dois ou três dias de vida sendo o mais inconveniente possível.

Começara por dar uma bofetada num homem mais velho, tivera um ataque com o enfermeiro, recusara-se a ser simpática e conversar com os outros quando queria ficar sozinha, e agora era suficientemente livre para sentir ódio – embora esperta o bastante para não começar a partir tudo à sua volta, e ter que passar o fim da sua vida sob o efeito de sedativos, numa cama da enfermaria.

Odiou tudo o que pôde naquele momento. A si mesma, o mundo, a cadeira que estava na sua frente, o aquecimento avariado num dos corredores, as pessoas perfeitas, os criminosos. Estava internada num hospício, e podia sentir coisas que os seres humanos escondem de si mesmos – porque somos todos educados apenas para amar, aceitar, tentar descobrir uma saída, evitar o conflito. Veronika odiava tudo, mas odiava principalmente a maneira como conduzira a sua vida – sem jamais descobrir as centenas de outras Veronikas que habitavam dentro dela, e que eram interessantes, loucas, curiosas, corajosas, ousadas.

Em dado momento, começou a sentir ódio também pela pessoa que mais amava no mundo: a sua mãe. A excelente esposa que trabalhava de dia e lavava os pratos de noite, sacrificando a sua vida para que a filha tivesse uma boa educação, soubesse tocar piano e violino, se vestisse como uma princesa, comprasse os ténis e calças de marca, enquanto ela remendava o velho vestido que usava há anos.

«Como posso odiar quem apenas me deu amor?», pensava Veronika, confusa, e querendo corrigir os seus sentimentos. Mas já era tarde de mais, o ódio estava solto, ela abrira as portas do seu inferno pessoal. Odiava o amor que lhe tinha sido dado – porque não pedia nada em troca –, o que é absurdo, irreal, contra as leis da natureza.

O amor que não pedia nada em troca conseguia enchê-la de culpa, de vontade de corresponder às suas expectativas, mesmo que isso significasse abrir mão de tudo o que sonhara para si mesma. Era um amor que tentara esconder-lhe, durante anos, os desafios e a podridão do mundo – ignorando que um dia ela iria dar-se conta disso, e não teria defesas para enfrentá-los.

E o seu pai? Odiava o seu pai, também. Porque, ao contrário da mãe que trabalhava o tempo todo, ele sabia viver, levava-a aos bares e ao teatro, divertiam-se juntos, e quando ainda era jovem ela amara-o em segredo, não como se ama um pai, mas um homem. Odiava-o porque ele fora sempre tão encantador e tão aberto para todos – menos para a mãe, a única que realmente merecia o melhor.

Odiava tudo. A biblioteca com o seu monte de livros cheios de explicações sobre a vida, o colégio onde fora obrigada a gastar noites inteiras aprendendo álgebra, embora não conhecesse nenhuma pessoa – excepto os professores e matemáticos – que precisassem de álgebra para serem mais felizes. Por que a tinham feito estudar tanta álgebra, ou geometria, ou aquela montanha de coisas absolutamente inúteis?

Veronika empurrou a porta da sala de estar, chegou diante do piano, abriu a tampa, e – com toda a força – bateu com as mãos no teclado. Um acorde louco, sem nexo, irritante, ecoando pelo ambiente vazio, batendo nas paredes, voltando aos seus ouvidos sob a forma de um ruído agudo, que parecia arranhar a sua alma. Mas isso era o melhor retrato da sua alma naquele momento.

Tornou a bater com as mãos, e mais uma vez as notas dissonantes reverberaram por toda a parte.

«Sou louca. Posso fazer isto. Posso odiar, e posso espancar o piano. Desde quando os doentes mentais sabem colocar as notas em ordem?»

Bateu no piano uma, duas, dez, vinte vezes – e, de cada vez que o fazia, o seu ódio parecia diminuir, até que passou por completo.

Então, novamente, uma profunda paz inundou-a, e Veronika tornou a olhar o céu estrelado, com a Lua em quarto crescente – a sua favorita – enchendo de luz suave o lugar onde se encontrava. Veio de novo a sensação de que Infinito e Eternidade andavam de mãos dadas, e bastava contemplar um deles – como o Universo sem limites – para notar a presença do outro, o Tempo que não termina nunca, que não passa, que permanece no Presente, onde estão todos os segredos da vida. Entre a enfermaria e a sala, ela fora capaz de odiar, tão forte e tão intensamente, que não lhe sobrara nenhum rancor no coração. Deixara que os seus sentimentos negativos, represados durante anos na sua alma, viessem finalmente à tona. Ela tinha-os *sentido*, e agora não eram mais necessários – podiam partir.

Ficou em silêncio, vivendo o seu momento Presente, deixando que o amor ocupasse o espaço vazio que o ódio deixara. Quando sentiu que chegara o momento, virou-se para a Lua e tocou uma sonata em sua homenagem – sabendo que ela a escutava, ficava orgulhosa, e isto provocava ciúmes nas estrelas. Tocou então uma música para as estrelas, outra para o jardim, e uma terceira para as montanhas que não podia ver de noite, mas sabia que estavam lá.

No meio da música para o jardim, outro louco apareceu – Eduard, um esquizofrénico que estava além da possibilidade de cura. Ela não se assustou com a sua presença: pelo contrário, sorriu, e para sua surpresa ele sorriu de volta.

Também no seu mundo distante, mais distante do que a Lua, a música era capaz de penetrar e fazer milagres.

«Tenho que comprar um novo chaveiro», pensava o Dr. Igor, enquanto abria a porta do seu pequeno consultório no Sanatório de Villete. O antigo estava a cair aos pedaços, e o pequeno escudo de metal que o enfeitava acabara de cair ao chão.

O Dr. Igor baixou-se e apanhou-o. O que iria fazer com este escudo, mostrando o brasão de Lubljana? Melhor deitá-lo fora. Mas podia mandar arranjá-lo, pedindo que fizessem uma nova alça de couro – ou podia dá-lo ao seu neto, para brincar. Ambas as alternativas lhe pareceram absurdas; um chaveiro era muito barato, e o seu neto não tinha o menor interesse em escudos – passava o tempo todo a ver televisão, ou a divertir-se com jogos electrónicos importados da Itália. Mesmo assim, não o deitou fora; guardou-o no bolso, para decidir mais tarde o que fazer com ele.

Por isso era um director de sanatório, e não um doente; porque reflectia muito antes de tomar qualquer atitude.

Acendeu a luz – amanhecia cada vez mais tarde, à medida que o Inverno avançava. A ausência de luz, assim como as mudanças de casa ou os divórcios eram os principais responsáveis pelo aumento do número de casos de depressão. O Dr. Igor ansiava que a Primavera chegasse depressa, e resolvesse metade dos seus problemas.

Olhou a agenda do dia. Precisava de estudar algumas medidas para não deixar que Eduard morresse de fome; a sua esquizofrenia fazia com que fosse imprevisível, e agora ele deixara de comer por completo. O Dr. Igor já receitara alimentação intravenosa, mas não podia manter aquilo para sempre; Eduard tinha 28 anos, era forte, mas mesmo com o soro ia acabar por definhar, ficando com um aspecto esquelético.

Qual seria a reacção do pai de Eduard, um dos mais conhecidos embaixadores da jovem República eslovena, um dos artífices das delicadas negociações com a Jugoslávia, no começo dos anos 90? Afinal, este homem tinha conseguido trabalhar durante anos para Belgrado, sobrevivera aos seus detractores – que o acusavam de ter servido o inimigo – e continuava no corpo diplomático, só que desta vez representando um país diferente. Era um homem poderoso e influente, temido por todos.

O Dr. Igor preocupou-se um instante – como antes se preocupara com o escudo do chaveiro –, mas logo afastou o pensamento da cabeça: para o embaixador, tanto fazia que o seu filho tivesse uma boa ou má aparência; não pretendia levá-lo a festas oficiais, ou fazer com que o acompanhasse pelos lugares do mundo onde era designado como representante do Governo. Eduard estava em Villete – e ali continuaria para sempre, ou pelo tempo que o pai continuasse a ganhar aqueles vencimentos enormes.

O Dr. Igor decidiu que retiraria a alimentação intravenosa, e deixaria Eduard definhar mais um pouco, até que tivesse, por ele mesmo, vontade de comer. Se a situação piorasse, faria um relatório e passaria a responsabilidade ao conselho de médicos que administrava Villete. «Se não quiser entrar em apuros, divida sempre a responsabilidade», ensinara-lhe o seu pai, também ele um médico que tivera várias mortes nas suas mãos, mas nenhum problema com as autoridades.

Uma vez receitada a interrupção do medicamento de Eduard, O Dr. Igor passou para o próximo caso: o relatório dizia que a paciente Zedka Mendel já terminara o seu período de tratamento, e podia ter alta. O Dr. Igor queria confirmar com os seus próprios olhos: afinal, nada pior para um médico do que receber reclamações da família dos doentes que passavam por Villete. E isso quase sempre acontecia – depois de um período num hospital para doentes mentais, raramente um paciente conseguia adaptar-se novamente à vida normal.

Não era culpa do sanatório. Nem de nenhum de todos os sanatórios espalhados – só o bom Deus sabia – pelos quatro cantos do mundo, onde o problema de readaptação dos internos era exactamente igual. Assim como a prisão nunca corrigia o preso – apenas o ensinava a cometer mais crimes –, os sanatórios faziam com que os doentes se habituassem a um mundo totalmente irreal, onde tudo era permitido, e ninguém precisava de ser responsável pelos seus actos.

De modo que só restava uma saída: descobrir a cura para a Insanidade. E o Dr. Igor estava empenhado nisso até à raiz dos cabelos, desenvolvendo uma tese que iria revolucionar o meio psiquiátrico. Nos asilos, os doentes provisórios, em convivência com pacientes irrecuperáveis, iniciavam um processo de degeneração social que, uma vez iniciado, era impossível deter. A tal Zedka Mendel acabaria por voltar ao hospital – desta vez por vontade própria, queixando-se de males inexistentes, só para estar perto de pessoas que pareciam compreendê-la melhor que o mundo lá fora.

Se ele descobrisse, porém, como combater o Vitríolo – para o Dr. Igor, o veneno responsável pela loucura –, o seu nome entraria para a História, e a Eslovénia seria definitivamente colocada no mapa. Naquela semana, uma oportunidade caída dos céus aparecera, sob a forma de uma suicida potencial; ele não estava disposto a desperdiçar essa oportunidade por nenhum dinheiro do mundo.

O Dr. Igor ficou contente. Embora, por razões económicas, ainda fosse obrigado a aceitar tratamentos que há muito tinham sido condenados pela medicina – como o choque de insulina –, também por motivos financeiros, Villete estava a inovar o tratamento psiquiátrico. Além de possuir tempo e elementos para a pesquisa do Vitríolo, ele ainda contava com o apoio dos donos para manter no asilo o grupo chamado de «a Fraternidade». Os accionistas da instituição tinham permitido que fosse tolerado – note bem, não encorajado, mas *tolerado* – um internamento maior do que o tempo necessário. Eles argumentavam que, por razões humanitárias, devia dar-se ao recém-curado a opção de decidir qual o melhor momento de se reintegrar no mundo, e isso permitira que um grupo de pessoas resolvesse permanecer em Villete, como num hotel selectivo, ou um clube onde se reúnem aqueles que têm algumas afinidades em comum. Assim, o Dr. Igor conseguia manter loucos e sãos no mesmo ambiente, fazendo com que os últimos influenciassem positivamente os primeiros. Para evitar que as coisas degenerassem – e os loucos acabassem por contagiar negativamente os que tinham sido curados – todo o membro da Fraternidade devia sair do sanatório pelo menos uma vez por dia.

O Dr. Igor sabia que os motivos dados pelos accionistas para permitir a presença de pessoas curadas no asilo – «razões humanitárias», diziam – eram apenas uma desculpa. Eles tinham medo de que Lubljana, a pequena e encantadora capital da Eslovénia, não tivesse um número suficiente de loucos ricos, capazes de sustentar toda aquela estrutura cara e moderna. Além do mais, o sistema de saúde pública contava com asilos de primeira qualidade, o que deixava Villete em situação de desvantagem diante do mercado de problemas mentais.

Quando os accionistas transformaram o antigo quartel em sanatório, tinham como público alvo os possíveis homens e mulheres afectados pela guerra com a Jugoslávia. Mas a guerra durara muito pouco. Os accionistas apostaram que a guerra ia recomeçar, mas não recomeçou.

Depois, em pesquisa recente, descobriram que as guerras faziam as suas vítimas mentais, mas em escala muito menor do que a tensão, o tédio, as enfermidades congénitas, a solidão e a rejeição. Quando uma colectividade tinha um grande problema a enfrentar – como no caso de uma guerra, ou de uma hiperinflação, ou de uma epidemia – notava-se um pequeno aumento no número de suicídios, mas uma grande diminuição nos casos de depressão, paranóia, psicoses. Estes voltavam aos seus índices normais logo que tal problema havia sido ultrapassado, indicando – assim entendia o Dr. Igor – que o ser humano só se dá ao luxo de ser louco quando tem condições para isso.

Diante dos seus olhos, estava outra pesquisa recente, desta vez vinda do Canadá – eleito recentemente por um jornal americano como o país do mundo onde o nível de vida era mais elevado. O Dr. Igor leu:

*De acordo com a Statistics Canada, já sofre-
ram algum tipo de doença mental:*
40% das pessoas entre 15 e 34 anos;
33% das pessoas entre 35 e 54 anos;
20% das pessoas entre 55 e 64 anos.

* *Estima-se que um em cada cinco indivíduos
sofra algum tipo de desordem psiquiátrica.*
* *Um em cada oito canadenses será hospitali-
zado por distúrbios mentais pelo menos uma
vez na vida.*

«Excelente mercado, melhor que aqui», pensou.
«Quanto mais felizes as pessoas podem ser, mais
infelizes ficam.»

O Dr. Igor analisou mais alguns casos, pon-
derando cuidadosamente sobre os que devia dividir com o Conselho, e os que podia resolver sozinho. Quando terminou, o dia já tinha raiado por
completo, e ele apagou a luz.

Em seguida mandou entrar a primeira visita –
a mãe da tal paciente que tentara o suicídio.

– Sou a mãe da Veronika. Qual é o estado da
minha filha?

O Dr. Igor pensou se devia ou não dizer-lhe a
verdade, e poupá-la a surpresas inúteis – afinal
de contas, tinha uma filha com o mesmo nome.
Mas decidiu que era melhor ficar calado.

– Ainda não sabemos – mentiu. – Precisamos de mais uma semana.

– Não sei porque Veronika fez isso – dizia a mulher à sua frente, a chorar. – Nós somos pais carinhosos, tentámos dar-lhe, à custa de muito sacrifício, a melhor educação possível. Embora tivéssemos os nossos problemas conjugais, mantivemos a nossa família unida, como exemplo de perseverança diante das adversidades. Ela tem um bom emprego, não é feia, e mesmo assim...

– ... e mesmo assim tentou matar-se – interrompeu o Dr. Igor. – Não fique surpresa, minha senhora, é assim mesmo. As pessoas são incapazes de entender a felicidade. Se desejar, posso mostrar-lhe as estatísticas do Canadá.

– Canadá?

A mulher olhou-o com surpresa. O Dr. Igor viu que tinha conseguido distraí-la e continuou.

– Veja bem: a senhora vem até aqui não para saber como vai a sua filha, mas para se desculpar pelo facto de que ela tentou suicidiar-se. Quantos anos tem ela?

– Vinte e quatro.

– Ou seja: uma mulher madura, vivida, que já sabe bem o que deseja, e é capaz de fazer as suas escolhas. O que tem isso a ver com o seu casamento, ou com o sacrifício que a senhora e o seu marido fizeram? Há quanto tempo mora ela sozinha?

– Seis anos.

– Está a ver? Independente até à raiz da alma. Mesmo assim, porque um médico austríaco, o Dr. Sigmund Freud, – tenho a certeza de que a senhora já ouviu falar dele – escreveu sobre estas relações doentias entre pais e filhos, até hoje toda a gente se culpa por tudo. Os índios acham que o filho que se tornou assassino é uma vítima da educação dos seus pais? Responda.

– Não faço a menor ideia – respondeu a mulher, cada vez mais surpresa com o médico. Talvez ele tivesse sido contagiado pelos próprios pacientes.

– Pois eu vou dar-lhe a resposta – disse o Dr. Igor. – Os índios acham que o assassino é culpado, e não a sociedade, nem os seus pais, nem os seus antepassados. Os japoneses cometem suicídio porque um filho deles resolveu drogar-se e sair disparando? A resposta também é a mesma: Não! E olhe que, segundo me consta, os japoneses cometem suicídio por qualquer motivo; outro dia mesmo li uma notícia de que um jovem se matou porque não conseguiu passar nos exames.

– Será que eu posso falar com a minha filha? – perguntou a mulher, que não estava interessada em japoneses, índios ou canadenses.

– Já, já – disse o Dr. Igor, meio irritado com a interrupção. – Mas antes, eu quero que a senhora entenda uma coisa: afora alguns casos patológicos graves, as pessoas enlouquecem quando tentam fugir da rotina. A senhora entendeu?

– Entendi muito bem – respondeu. – E se o senhor acha que não serei capaz de cuidar dela, pode ficar tranquilo: nunca tentei mudar a minha vida.

– Que bom – o Dr. Igor mostrava um certo alívio. – A senhora já imaginou um mundo onde, por exemplo, não fôssemos obrigados a repetir todos os dias das nossas vidas a mesma coisa? Se resolvêssemos, por exemplo, comer só quando tivéssemos fome: como é que as donas de casa e os restaurantes se organizariam?

«Seria mais normal comer só quando estivéssemos com fome», pensou a mulher, que não disse nada, com medo que a proibissem de falar com Veronika.

– Seria uma confusão muito grande – disse ela. – Eu sou dona de casa, e sei do que está a falar.

– Então temos o pequeno almoço, o almoço, o jantar. Temos que acordar a determinada hora todos os dias, e descansar uma vez por semana. Existe o Natal para dar presentes, a Páscoa para passar três dias no lago. A senhora ficaria contente se o seu marido, só porque foi tomado de um súbito impulso de paixão, resolvesse fazer amor na sala?

«Do que está este homem a falar? Eu vim aqui ver a minha filha!»

– Ficaria triste – respondeu ela, com todo o cuidado, esperando ter acertado.

– Muito bem – bradou o Dr. Igor. – O lugar de fazer amor é na cama. Senão, estaremos dando um mau exemplo e disseminando a anarquia.

– Posso ver a minha filha? – interrompeu a mulher.

O Dr. Igor resignou-se; esta camponesa nunca ia entender do que estava a falar, não estava interessada em discutir a loucura do ponto de vista filosófico – mesmo sabendo que a sua filha tentara o suicídio para valer, e entrara em coma.

Tocou uma campainha, e a sua secretária apareceu.

– Mande chamar a rapariga do suicídio – disse. – Aquela da carta aos jornais, que disse que se matava para mostrar onde era a Eslovénia.

— Não quero vê-la. Eu já cortei os meus laços com o mundo.

Fora difícil dizer isso ali na sala de estar, na presença de toda a gente. Mas o enfermeiro tão-pouco fora discreto, e avisara em voz alta que a sua mãe a esperava – como se fosse um assunto que interessasse a todos.

Não queria ver a mãe porque as duas iam sofrer. Era melhor que já a considerasse morta; Veronika odiara sempre as despedidas.

O homem desapareceu por onde viera, e ela voltou a olhar as montanhas. Depois de uma semana, o Sol tinha finalmente voltado – e ela já sabia isso desde a noite anterior, porque a Lua lho dissera, enquanto tocava piano.

«Não, isto é loucura, estou a perder o controlo. Os astros não falam – excepto com aqueles que se dizem astrólogos. Se a Lua conversou com alguém, foi com aquele esquizofrénico.»

Mal acabara de pensar isso, sentiu uma pontada no peito, e um braço ficou dormente. Veronika viu o tecto rodar: o ataque de coração!

Entrou numa espécie de euforia, como se a morte a libertasse do medo de morrer. Pronto, estava tudo acabado! Talvez sentisse alguma dor, mas o que eram cinco minutos de agonia, em troca de uma eternidade em silêncio? A única atitude que tomou foi a de fechar os olhos: o que mais a horrorizava era ver, nos filmes, os mortos de olhos abertos.

Mas o ataque de coração parecia ser diferente daquilo que imaginara; a respiração começou a ficar difícil, e, horrorizada, Veronika começou a descobrir que estava prestes a experimentar o pior dos seus medos: a asfixia. Ia morrer como se estivesse sendo enterrada viva, ou fosse puxada de repente para o fundo do mar.

Cambaleou, caiu, sentiu a pancada forte no rosto, continuou a fazer um esforço gigantesco para respirar – mas o ar não entrava. Pior que tudo, a morte não vinha, estava inteiramente consciente do que se passava à sua volta, continuava vendo as cores e as formas. Tinha dificuldade apenas em ouvir o que os outros diziam – os gritos e as exclamações pareciam distantes, como se vindos de um outro mundo. Afora isso, tudo o mais era real, o ar não vinha, simplesmente não obedecia aos comandos dos seus pulmões e dos seus músculos – e a consciência não ia embora.

Sentiu que alguém a agarrava e a virava de costas – mas agora havia perdido o controlo do movimento dos olhos, e eles rodopiavam, enviando centenas de imagens diferentes ao seu cérebro, misturando a sensação de sufocamento com uma completa confusão visual.

Aos poucos as imagens foram ficando também distantes – e, quando a agonia atingiu o seu ponto máximo, o ar finalmente entrou, emitindo um ruído tremendo, que fez com que todos na sala ficassem paralisados de medo.

Veronika começou a vomitar descontroladamente. Passado o momento da quase tragédia, alguns loucos começaram a rir da cena – e ela sentia-se humilhada, perdida, incapaz de reagir.

Um enfermeiro entrou a correr, e deu-lhe uma injecção no braço.

– Fique tranquila. Já passou.

– Eu não morri! – começou ela a gritar, avançando em direcção aos internos, e sujando o chão e os móveis com o seu vómito. – Eu continuo nesta droga de hospício, a ser obrigada a conviver convosco! Vivo mil mortes a cada dia, a cada noite, sem que ninguém tenha misericórdia de mim!

Virou-se para o enfermeiro, arrancou a seringa da sua mão e atirou-a em direcção ao jardim.

– O que quer? Porque não me dá veneno, se sabe que eu já estou condenada? Onde estão os seus sentimentos?

Sem conseguir controlar-se, tornou a sentar-se no chão e começou a chorar compulsivamente, gritando, soluçando alto, enquanto alguns dos internos riam e comentavam sobre a sua roupa toda suja.

– Dê-lhe um calmante! – disse uma médica, entrando à pressa. – Controle a situação!

O enfermeiro, porém, estava paralisado. A médica tornou a sair, voltando com mais dois enfermeiros, e uma nova seringa. Os homens agarraram a criatura histérica que se debatia no meio da sala, enquanto a médica ministrava até à última gota o calmante na veia de um braço imundo.

Estava no consultório do Dr. Igor, deitada numa cama imaculadamente branca, com um lençol novo.

Ele auscultava o seu coração. Ela fingiu que ainda estava a dormir, mas algo dentro do peito tinha mudado, porque o médico falou com a certeza de que estava a ser ouvido.

– Fique tranquila – disse. – Com a saúde que tem, pode viver cem anos.

Veronika abriu os olhos. Alguém tinha-lhe mudado a sua roupa. Teria sido o Dr. Igor? Ele vira-a nua? A sua cabeça não estava a funcionar bem.

– O que disse o senhor?

– Disse que ficasse tranquila.

– Não. O senhor disse que eu ia viver cem anos. O médico foi até à sua escrivaninha.

– O senhor disse que eu ia viver cem anos – insistiu Veronika.

– Em medicina, nada é definitivo – disfarçou o Dr. Igor. – Tudo é possível.

– Como está o meu coração?

– Igual.

Então não precisava de mais nada. Os médicos, diante de um caso grave, dizem «ainda vai conseguir viver cem anos», ou «não é nada sério», ou «tem um coração e uma tensão arterial de uma criança», ou ainda «precisamos de refazer os exames». Parece que temem que o paciente vá partir o consultório inteiro.

Ela tentou levantar-se, mas não conseguiu: a sala inteira começara a rodar.

– Fique aí mais um pouco, até se sentir melhor. Não está a incomodar-me.

Que bom, pensou Veronika. Mas, e se estivesse?

Como médico experiente que era, o Dr. Igor permaneceu em silêncio algum tempo, fingindo-se interessado nos papéis que estavam na sua mesa. Quando estamos diante de outra pessoa, e ela não diz nada, a situação torna-se irritante, tensa, insuportável. O Dr. Igor tinha a esperança de que a jovem começasse a falar – e ele pudesse colher mais dados para a sua tese sobre a loucura, e o método de cura que estava a desenvolver.

Mas Veronika não disse uma palavra. «Talvez já esteja num grau de envenenamento pelo Vitríolo muito avançado», pensou o Dr. Igor, enquanto resolvia quebrar o silêncio – que estava a tornar-se tenso, irritante, insuportável.

– Parece que você gosta de tocar piano – disse ele, procurando ser o mais casual possível.

– E os loucos gostam de ouvir. Ontem houve um que ficou estático, a ouvir.

– Eduard. Ele comentou com alguém que tinha adorado. Quem sabe, ele volta a alimentar-se como uma pessoa normal.

– Um esquizofrénico gosta de música? E comenta isso com os outros?

– Sim. E aposto que você não faz a menor ideia do que está a dizer.

Aquele médico – que mais parecia um paciente, com os seus cabelos pintados de preto – tinha razão. Veronika ouvira a palavra muitas vezes, mas não fazia ideia do que significava.

– Existe cura? – quis saber, tentando ver se conseguia mais informações sobre os esquizofrénicos.

– Existe controlo. Ainda não se sabe ao certo o que se passa no mundo da loucura: tudo é novo, e os processos mudam a cada década. Um esquizofrénico é uma pessoa que já tem uma tendência natural para ausentar-se deste mundo, até que um facto – grave ou superficial, dependendo do caso de cada um – faz com que crie uma realidade só para ele. O caso pode evoluir até à ausência completa – que nós chamamos catatonia – ou pode ter melhoras, o que permite ao paciente trabalhar, levar uma vida praticamente normal. Depende de uma coisa só: o ambiente.

– Criar uma realidade só para ele – repetiu Veronika. – O que é a realidade?

– É o que a maioria achou que devia ser. Não necessariamente o melhor, nem o mais lógico, mas o que se adaptou ao desejo colectivo. Está a ver o que tenho ao pescoço?

– Uma gravata.

– Muito bem. A sua resposta é lógica, coerente com uma pessoa absolutamente normal: uma gravata!

»Um louco, porém, diria que eu tenho ao pescoço um pano colorido, ridículo, inútil, amarrado de uma maneira complicada, que acaba por dificultar os movimentos da cabeça e por exigir um esforço maior para que o ar possa entrar nos pulmões. Se eu me distrair quando estiver perto de um ventilador, posso morrer estrangulado por este pano.

»Se um louco me perguntar para que serve uma gravata, eu terei que responder: absolutamente para nada. Nem mesmo para enfeitar, porque hoje em dia ela tornou-se o símbolo de escravidão, poder, distanciamento. A única utilidade da gravata consiste em chegar a casa e tirá-la, dando a sensação de que estamos livres de alguma coisa que nem sabemos o que é.

»Mas a sensação de alívio justifica a existência da gravata? Não. Mesmo assim, se eu perguntar a um louco e a uma pessoa normal o que é isso, será considerado são aquele que responder: uma gravata. Não importa quem está certo – importa quem tem razão.

– Donde o senhor concluir que eu não sou louca, pois dei o nome certo ao pano colorido.

«Não, você não é louca», pensou o Dr. Igor, uma autoridade no assunto, com vários diplomas pendurados na parede do seu consultório.

Atentar contra a própria vida era próprio do ser humano – conhecia muita gente que o fazia, e mesmo assim continuava lá fora, aparentando inocência e normalidade, apenas porque não tinha escolhido o escandaloso método do suicídio. Matavam-se aos poucos, envenenando-se com aquilo que o Dr. Igor chamava de Vitríolo.

O Vitríolo era um produto tóxico, cujos sintomas ele tinha identificado nas suas conversas com os homens e mulheres que conhecia. Estava agora a escrever uma tese sobre o assunto, que submeteria à Academia de Ciências da Eslovénia para estudo. Era o passo mais importante no terreno da insanidade, desde que o Dr. Pinel mandara retirar as correntes que aprisionavam os doentes, estarrecendo o mundo da Medicina com a ideia de que alguns deles tinham possibilidade de cura.

Assim como a líbido – uma reacção química responsável pelo desejo sexual que o Dr. Freud reconhecera, mas nenhum laboratório fora jamais capaz de isolar – o Vitríolo era destilado pelos organismos de seres humanos que se encontravam em situação de medo – embora ainda passasse despercebido nos modernos testes de espectrografia. Mas era facilmente reconhecido pelo seu sabor, que não era nem doce nem salgado – o sabor amargo. O Dr. Igor – descobridor ainda não reconhecido deste veneno mortal – baptizara-o com o nome de um veneno que fora muito utilizado no passado por imperadores, reis e amantes de todos os tipos, quando precisavam de afastar definitivamente uma pessoa incómoda.

Bons tempos aqueles, de imperadores e reis: naquela época vivia-se e morria-se com romantismo. O assassino convidava a vítima para um belo jantar, o serviçal entrava com duas taças lindas, uma delas com Vitríolo misturado na bebida: quanta emoção despertavam os gestos da vítima – pegando a taça, dizendo algumas palavras doces ou agressivas, bebendo como se fosse mais um vinho saboroso, olhando surpresa para o anfitrião, e caindo fulminada no solo!

Mas como este veneno, hoje caro e difícil de encontrar no mercado, foi substituído por processos mais seguros de extermínio – como revólveres, bactérias, etc. –, o Dr. Igor, um romântico por natureza, resgatara o nome quase esquecido para baptizar a doença da alma que ele conseguira diagnosticar, e cuja descoberta em breve assustaria o mundo.

Era curioso que ninguém jamais se tivesse referido ao Vitríolo como um tóxico mortal, embora a maioria das pessoas afectadas identificasse o seu sabor, e se referisse ao processo de envenenamento como *Amargura*. Todos os seres tinham Amargura no seu organismo – em maior ou menor grau – assim como quase todos temos o bacilo da tuberculose. Mas estas duas doenças só atacam quando o paciente se encontra debilitado; no caso da Amargura, o terreno para o surgimento da doença aparece quando se cria o medo à chamada «realidade».

Certas pessoas, no afã de querer construir um mundo onde nenhuma ameaça externa possa penetrar, aumentam exageradamente as suas defesas contra o exterior – gente estranha, novos lugares, experiências diferentes – e deixam o interior desguarnecido. É a partir daí que a Amargura começa a causar danos irreversíveis.

O grande alvo da Amargura (ou Vitríolo, como preferia o Dr. Igor) era a vontade. As pessoas atacadas deste mal iam perdendo o desejo de tudo, e em poucos anos já não conseguiam sair do seu mundo – pois tinham gasto enormes reservas de energia construindo altas muralhas para que a realidade fosse aquilo que desejavam que fosse.

Ao evitar o ataque externo, tinham também limitado o crescimento interno. Continuavam a trabalhar, a ver televisão, a protestar contra o trânsito e a ter filhos, mas tudo isso acontecia automaticamente, e sem qualquer grande emoção interior – porque, afinal, tudo estava sob controlo.

O grande problema do envenenamento por Amargura era que as paixões – ódio, amor, desespero, entusiasmo, curiosidade – também não se manifestavam mais. Depois de algum tempo, já não restava ao amargurado qualquer desejo. Não tinha vontade nem de viver, nem de morrer, esse era o problema.

Por isso, para os amargurados, os heróis e os loucos eram sempre fascinantes: eles não tinham medo de viver ou morrer. Tanto os heróis como os loucos eram indiferentes diante do perigo, e seguiam adiante apesar de todos dizerem para não fazerem aquilo. O louco suicidava-se, o herói oferecia-se ao martírio em nome de uma causa – mas ambos morriam, e os amargurados passavam muitas noites e dias comentando o absurdo e a glória dos dois tipos. Era o único momento em que o amargurado tinha força para galgar a sua muralha de defesa e olhar um pouquinho para fora; mas logo as mãos e os pés se cansavam, e ele voltava para a vida diária.

O amargurado crónico só notava a sua doença uma vez por semana: nas tardes de domingo. Ali, como não tinha o trabalho ou a rotina para aliviar os sintomas, percebia que alguma coisa estava muito errada – já que a paz daquelas tardes era infernal, o tempo não passava nunca, e uma constante irritação manifestava-se livremente.

Mas a segunda-feira chegava, e o amargurado logo esquecia os seus sintomas – embora blasfemasse contra o facto de que nunca tinha tempo para descansar, e reclamasse que os fins de semana passavam muito depressa.

A única grande vantagem da doença, do ponto de vista social, é que já se transformara numa regra; portanto, o internamento não era mais necessário – excepto nos casos em que a intoxicação era tão forte que o comportamento do doente começava a afectar os outros. Mas a maioria dos amargurados podia continuar lá fora, sem constituir ameaça à sociedade ou aos outros, já que – por causa das altas muralhas construídas ao redor de si mesmos – estavam totalmente isolados do mundo, embora parecessem partilhar dele.

O Dr. Sigmund Freud descobrira a líbido e a cura para os problemas causados por ela – inventando a psicanálise. Além de descobrir a existência do Vitríolo, o Dr. Igor precisava de provar que, também neste caso, a cura era possível. Queria deixar o seu nome na história da medicina, embora não se iludisse quanto às dificuldades que teria que enfrentar para impor as suas ideias – já que os «normais» estavam contentes com as suas vidas, e jamais admitiriam a sua doença, enquanto os «doentes» movimentavam uma gigantesca indústria de asilos, laboratórios, congressos, etc.

«Sei que o mundo não reconhecerá agora o meu esforço», disse para si mesmo, orgulhoso por ser incompreendido. Afinal, este era o preço que os génios precisavam de pagar.

– O que se passa com o senhor? – perguntou a rapariga à sua frente. – Parece que entrou no mundo dos seus pacientes.

O Dr. Igor ignorou o comentário desrespeitoso.

– Pode ir embora agora – disse.

Veronika não sabia se era dia ou noite – o Dr. Igor estava com a luz acesa, mas ele fazia isso todas as manhãs. No entanto, ao chegar ao corredor, viu a Lua, e deu-se conta que dormira mais tempo do que imaginara.

No caminho para a enfermaria, reparou numa foto emoldurada na parede: era a praça central de Lubljana, ainda sem a estátua do poeta Preseren, mostrando casais a passear – provavelmente num domingo.

Reparou na data da foto: Verão de 1910.

Verão de 1910. Ali estavam aquelas pessoas, cujos filhos e netos já tinham morrido, capturadas num momento das suas vidas. As mulheres usavam pesados vestidos, e os homens estavam todos de chapéu, fato, gravata (ou pano colorido, como lhe chamavam os loucos), polainas e guarda-chuva no braço.

E o calor? A temperatura devia ser a mesma dos Verões de hoje, 35° à sombra. Se chegasse um inglês de bermudas e mangas de camisa – vestuário muito mais apropriado para o calor – o que pensariam essas pessoas?

«Um louco.»

Tinha entendido perfeitamente bem o que o Dr. Igor quisera dizer. Da mesma maneira, percebia que sempre tivera na sua vida muito amor, carinho, protecção, mas faltara-lhe um elemento para tornar tudo isto uma bênção: devia ter sido um pouco mais louca.

Os seus pais continuariam a amá-la de qualquer maneira, mas ela não ousara pagar o preço do seu sonho, com medo de feri-los. Aquele sonho que estava enterrado no fundo da sua memória, embora uma vez por outra fosse despertado num concerto, ou por um belo disco que escutava ao acaso. No entanto, sempre que o seu sonho era despertado, o sentimento de frustração era tão grande, que ela logo o fazia adormecer de novo.

Veronika sabia, desde criança, qual era a sua verdadeira vocação: ser pianista!

Sentira isso desde a primeira aula, com doze anos de idade. A sua professora também percebera o seu talento, e incentivara-a a tornar-se uma profissional. Entretanto, quando – contente com um concurso que acabara de ganhar – dissera à mãe que ia largar tudo para dedicar-se apenas ao piano, ela olhara-a com carinho, e respondera: «Ninguém vive de tocar piano, meu amor.»

«Mas obrigaste-me a ter aulas!»

«Para desenvolver os teus dons artísticos, só isso. Os maridos apreciam, e tu podes destacar-te nas festas. Esquece essa história de ser pianista, e vai estudar advocacia: essa é a profissão do futuro.»

Veronika fizera o que a mãe pedira, certa de que ela tinha experiência suficiente para *entender o que era a realidade*. Terminou os estudos, entrou na faculdade, saiu da faculdade com um diploma e notas altas – mas só conseguiu um emprego de bibliotecária.

«Devia ter sido mais louca.» Mas – como devia acontecer com a maioria das pessoas – descobrira tarde de mais.

Virou-se para continuar o seu caminho, quando alguém a segurou no braço. O poderoso calmante que lhe tinham administrado ainda corria nas suas veias, por isso não reagiu quando Eduard, o esquizofrénico, delicadamente começou a conduzi-la numa direcção diferente – para a sala de estar.

A Lua continuava em quarto crescente, e Veronika já se sentara ao piano – o pedido silencioso de Eduard – quando começou a ouvir uma voz que vinha do refeitório. Alguém que falava com sotaque estrangeiro, e Veronika não se lembrava de ter ouvido aquele sotaque em Villete.

– Não quero tocar piano agora, Eduard. Quero saber o que está a acontecer no mundo, o que conversam aqui ao lado, que homem estranho é esse.

Eduard sorria, talvez sem entender uma só palavra do que estava a dizer. Mas ela lembrou-

-se do Dr. Igor: os esquizofrénicos podiam entrar e sair das suas realidades separadas.

– Eu vou morrer – continuou, na esperança de que as suas palavras fizessem sentido. – A morte roçou as suas asas no meu rosto hoje, e deve estar a bater à minha porta amanhã, ou depois. Tu não deves habituar-te a ouvir um piano todas as noites.

»Ninguém pode habituar-se a nada, Eduard. Vê só: eu estava a gostar de novo do Sol, das montanhas, dos problemas – estava mesmo a aceitar que a falta de sentido da vida não era culpa de ninguém, excepto minha. Queria de novo ver a praça de Lubljana, sentir ódio e amor, desespero e tédio, todas essas coisas simples e tolas que fazem parte do quotidiano, mas que dão gosto à existência. Se algum dia pudesse sair daqui, iria permitir-me ser louca, porque toda a gente é – e piores são aqueles que não sabem que são, porque repetem apenas o que os outros mandam.

»Mas nada disso é possível, entendes? Da mesma maneira, tu não podes passar o dia inteiro à espera que venha a noite, e que uma das internas toque piano – porque isso acabará em breve. O meu mundo e o teu estão no fim.

Levantou-se, tocou carinhosamente no rosto do rapaz, e foi até ao refeitório.

Ao abrir a porta, deparou com uma cena insólita; as mesas e cadeiras tinham sido empurradas para a parede, formando um grande espaço vazio no centro. Ali, sentados no chão, estavam os membros da Fraternidade, escutando um homem de fato e gravata.

– ... então convidaram o grande mestre da tradição sufi, Nasrudin, para dar uma palestra – dizia ele.

Quando a porta se abriu, todos na sala olharam para Veronika. O homem de fato virou-se para ela.

– Sente-se.

Ela sentou-se no chão, junto à senhora de cabelos brancos, Mari – que fora tão agressiva no seu primeiro encontro. Para sua surpresa, Mari fez um sorriso de boas-vindas.

O homem de fato continuou:

– Nasrudin marcou a conferência para as duas horas da tarde, e foi um sucesso: os mil lugares foram todos vendidos, e ficaram mais de 600 pessoas do lado de fora, acompanhando a palestra por um circuito fechado de televisão.

»Às duas em ponto, entrou um assistente de Nasrudin, dizendo que, por motivo de força maior, a palestra ia atrasar. Alguns levantaram-se indignados, pediram a devolução do dinheiro, e saíram. Mesmo assim ainda continuou muita gente dentro e fora da sala.

»A partir das quatro da tarde, o mestre sufi ainda não tinha aparecido, e as pessoas foram – pouco a pouco – deixando o local, e retomando o seu dinheiro de volta: afinal de contas, o expediente de trabalho estava a terminar, era chegado o momento de voltar para casa. Quando eram seis horas, os 1.700 espectadores originais estavam reduzidos a menos de 100.

»Nesse momento, Nasrudin entrou. Parecia completamente bêbado, e começou a dizer gracinhas a uma bela jovem que se sentara na primeira fila.

»Passada a surpresa, as pessoas começaram a ficar indignadas: como era possível que, depois de esperar quatro horas seguidas, esse homem se comportasse de tal maneira? Alguns murmúrios de desaprovação fizeram-se ouvir, mas o mestre sufi não lhes deu nenhuma importância: continuou, alto, a dizer como a menina era *sexy*, e convidou-a para viajar com ele para França.

Que mestre, pensou Veronika. Ainda bem que nunca acreditei nestas coisas.

– Depois de dizer alguns palavrões contra as pessoas que reclamavam, Nasrudin tentou levantar-se e caiu pesadamente no chão. Revoltadas, as pessoas resolveram ir-se embora, dizendo que tudo aquilo não passava de charlatanismo, que iriam aos jornais denunciar o espectáculo degradante.

»Nove pessoas continuaram na sala. E, assim que o grupo de revoltados deixou o recinto, Nasrudin levantou-se; estava sóbrio, os seus olhos irradiavam luz, e havia em torno dele uma aura de respeitabilidade e sabedoria. «Vocês que estão aqui são os que têm que me ouvir», disse. «Passaram pelos dois testes mais duros no caminho espiritual: a paciência para esperar o momento certo, e a coragem para não se decepcionar com o que encontraram. A vocês, eu vou ensinar.»

»E Nasrudin partilhou com eles algumas das técnicas sufi.

O homem fez uma pausa, e tirou uma flauta estranha do bolso.

– Vamos agora descansar um pouco, e depois faremos a nossa meditação.

O grupo ficou de pé. Veronika não sabia o que fazer.

– Levante-se também – disse Mari, agarrando--a pela mão. – Temos cinco minutos de pausa.

– Vou-me embora, não quero atrapalhar.

Mari levou-a para um canto.

– Será que você não aprendeu nada, nem mesmo com a proximidade da morte? Pare de pensar o tempo todo que está a causar algum constrangimento, que está a perturbar o seu próximo! Se as pessoas não gostarem, elas reclamarão! E se não tiverem coragem de reclamar, o problema é delas!

– Naquele dia, quando me aproximei de vocês, estava a fazer algo que nunca ousara antes.

– E deixou-se acobardar com uma mera brincadeira de loucos. Porque não continuou adiante? O que tinha a perder?

– A minha dignidade. Estar onde não sou bem--vinda.

– O que é a dignidade? É querer que todos achem que você é boa, bem-comportada, cheia de amor ao próximo? Respeite a natureza; veja mais filmes de animais, e repare como eles lutam pelo seu espaço. Todos nós ficámos contentes com aquela bofetada que você deu.

Veronika não tinha mais tempo para lutar por nenhum espaço, e mudou de assunto; perguntou quem era aquele homem.

– Está a melhorar – riu Mari. – Faz perguntas, sem medo de que pensem que é indiscreta. Este homem é um mestre sufi.

– O que quer dizer *sufi*?

– Lã.

Veronika não entendeu. Lã?

– O sufismo é uma tradição espiritual dos dervixes, em que os mestres não procuram mostrar sabedoria, e os discípulos dançam, rodopiam, e entram em transe.

– Para que serve isso?

– Não estou bem certa; mas o nosso grupo resolveu viver todas as experiências proibidas. Durante toda a minha vida, o governo educou-nos dizendo que a busca espiritual existia apenas para afastar o homem dos seus problemas reais. Agora responda-me o seguinte: não acha que tentar entender a vida é um problema real?

Sim. Era um problema real. Além do mais, já não tinha a certeza do que a palavra *realidade* queria dizer.

O homem de fato – um mestre sufi, segundo Mari – pediu que todos se sentassem em círculo. De uma das jarras do refeitório, tirou todas as flores – com excepção de uma rosa vermelha – e colocou-a no centro do grupo.

– Veja o que conseguimos – disse Veronika a Mari. – Algum louco resolveu que era possível criar flores no Inverno, e hoje em dia temos rosas o ano inteiro, em toda a Europa. Você acha que um mestre sufi, com todo o seu conhecimento, é capaz de fazer isso?

Mari pareceu adivinhar o seu pensamento.

– Deixe as críticas para depois.

– Tentarei. Porque tudo o que tenho é o presente, por sinal, muito curto.

– É tudo o que toda a gente tem, e é sempre muito curto – embora alguns achem que possuem um passado, onde acumularam coisas, e um futuro, onde acumularão ainda mais. Por falar, em momento presente, você já se masturbou muito?

Embora o calmante ainda estivesse a fazer efeito, Veronika lembrou-se da primeira frase que escutara em Villete.

– Quando eu entrei em Villete, ainda cheia de tubos de respiração artificial, ouvi claramente alguém me perguntar se queria ser masturbada. Que é isso? Porque passam a vida a pensar nessas coisas aqui?

– Aqui e lá fora. Só que, no nosso caso, não precisamos de esconder.

– Foi você quem me perguntou?

– Não. Mas acho que devia saber até onde pode ir o seu prazer. Da próxima vez, com um pouco de paciência, poderá levar o seu parceiro até lá, ao invés de ser guiada por ele. Mesmo que só lhe restem dois dias de vida, acho que não deve partir daqui sem saber aonde poderia ter chegado.

– Só se for com o esquizofrénico que está à minha espera para ouvir tocar piano.

– Pelo menos, ele é um homem bonito.

O homem de fato pediu silêncio, interrompendo a conversa. Ordenou que todos se concentrassem na rosa, e esvaziassem as suas mentes.

– Os pensamentos vão voltar, mas evitem-nos. Vocês têm duas escolhas: dominar as vossas mentes, ou serem dominados por ela. Já viveram esta segunda alternativa – deixaram-se levar pelos medos, neuroses, insegurança – porque o homem tem tendência para a autodestruição.

»Não confundam a loucura com a perda de controlo. Lembrem-se que na tradição sufî, o principal mestre – Nasrudin – é o que todos chamam de louco. E justamente porque a sua cidade o considera insano, Nasrudin tem a possibilidade de dizer tudo o que pensa, e fazer o que lhe apetece. Assim era com os bobos da corte, na época medieval; podiam alertar o rei sobre todos os perigos de que os ministros não ousavam falar, porque temiam perder os seus cargos.

»Assim deve ser convosco; mantenham-se loucos, mas comportem-se como pessoas normais. Corram o risco de ser diferentes – mas aprendam a fazê-lo sem chamar a atenção. Concentrem-se nesta flor, e deixem que o verdadeiro Eu se manifeste.

– O que é o verdadeiro Eu? – interrompeu Veronika. Talvez todos ali soubessem, mas isso não importava: ela devia preocupar-se menos com a história de incomodar os outros.

O homem pareceu surpreso com a interrupção, mas respondeu:

– É aquilo que você é, não o que fizeram de si.

Veronika resolveu fazer o exercício, empenhando-se ao máximo para descobrir quem era. Nestes dias em Villete, sentira coisas que nunca tinha experimentado com tanta intensidade – ódio, amor, desejo de viver, medo, curiosidade. Talvez Mari tivesse razão: será que conhecia mesmo o orgasmo? Ou só tinha chegado até onde os homens a quiseram levar?

O homem de fato começou a tocar a flauta. Aos poucos a música foi acalmando a sua alma, e ela conseguiu concentrar-se na rosa. Podia ser o efeito do calmante, mas o facto é que, desde que saíra do consultório do Dr. Igor, se sentia muito bem.

Sabia que ia morrer em breve: para quê sentir medo? Não ajudaria em nada, nem evitaria o ataque fatídico do coração; o melhor era aproveitar os dias, ou horas que restavam, fazendo o que nunca tinha feito.

A música vinha suave, e a luz embaçada do refeitório criara uma atmosfera quase religiosa. Religião: porque não tentava mergulhar dentro de si, e ver o que sobrara das suas crenças e da sua fé?

Porque a música a conduzia para um outro lado: esvaziar a cabeça, deixar de reflectir sobre tudo, e apenas SER. Veronika entregou-se, contemplou a rosa, viu quem era, gostou, e ficou com pena de ter sido tão precipitada.

Quando a meditação terminou e o mestre sufi partiu, Mari ainda ficou um pouco no refeitório, conversando com a Fraternidade. A jovem queixou-se de cansaço e foi-se embora – afinal, o calmante que tomara naquela manhã era bastante forte para fazer dormir um touro, e mesmo assim ela conseguira forças para ficar acordada até àquela hora.

«A juventude é assim mesmo, estabelece os próprios limites sem perguntar se o corpo aguenta. E o corpo aguenta sempre.»

Mari estava sem sono; tinha dormido até tarde, depois resolveu dar um passeio em Lubljana – o Dr. Igor exigia que os membros da Fraternidade saíssem de Villete todos os dias. Fora ao cinema, e tornara a dormir na poltrona, com um filme aborrecidíssimo sobre conflitos entre marido e mulher. Será que não tinham outro tema? Por que razão repetir sempre as mesmas histórias

– marido com amante, marido com mulher e filho doente, marido com mulher, amante e filho doente? Havia coisas mais importantes no mundo para contar.

A conversa no refeitório durou pouco; a meditação relaxara o grupo, e todos resolveram voltar para os dormitórios – menos Mari, que saiu para dar um passeio pelo jardim. No caminho, passou pela sala de estar e viu que a jovem não tinha ainda conseguido ir até ao quarto: estava a tocar para Eduard, o esquizofrénico, que possivelmente ficara esperando todo este tempo ao lado do piano. Os loucos, como as crianças, só arredavam pé depois de verem os seus desejos satisfeitos.

O ar estava gelado. Mari voltou, apanhou um agasalho e tornou a sair. Lá fora, longe dos olhos de todos, acendeu um cigarro. Fumou sem culpa e sem pressa, reflectindo sobre a jovem, o piano que escutava, e a vida do lado de fora dos muros de Villete – que estava a ficar insuportavelmente difícil para toda a gente.

Na opinião de Mari, esta dificuldade não se devia ao caos, ou à desorganização, ou à anarquia – e sim ao excesso de ordem. A sociedade tinha cada vez mais regras – e leis para contrariar as regras – e novas regras para contrariar as leis; isso deixava as pessoas assustadas, e elas já não davam um passo sequer fora do regulamento invisível que guiava a vida de todos.

Mari entendia do assunto; passara quarenta anos da sua vida a trabalhar como advogada, até que a sua doença a trouxera a Villete. Logo no início da sua carreira, perdera rapidamente a ingénua visão da Justiça, e passara a entender que as leis não tinham sido criadas para resolver problemas, e sim para prolongar indefinidamente uma briga.

Pena que Alá, Jeová, Deus – não importa que nome lhe dessem – não tivesse vivido no mundo de hoje. Porque, se assim fosse, nós todos ainda estaríamos no Paraíso, enquanto Ele estaria ainda a responder a recursos, apelos, rogatórias, precatórias, mandatos de segurança, liminares – e teria que explicar em inúmeras audiências a sua decisão de expulsar Adão e Eva do Paraíso – apenas por transgredir uma lei arbitrária, sem nenhum fundamento jurídico: não comer o fruto do Bem e do Mal.

Se Ele não queria que isso acontecesse, porque colocou a tal árvore no meio do Jardim – e não fora dos muros do Paraíso? Se fosse chamada para defender o casal, Mari seguramente acusaria Deus de «omissão administrativa», porque, além de colocar a árvore em lugar errado, não a cercou com avisos e barreiras, não adoptou os mínimos requisitos de segurança, e expôs todos os que passavam ao perigo.

Mari também podia acusá-Lo de «indução ao crime»: chamou a atenção de Adão e Eva para o exacto local onde se encontrava a árvore. Se não tivesse dito nada, gerações e gerações passariam por esta Terra sem que ninguém se interessasse pelo fruto proibido – já que devia estar numa floresta, cheia de árvores iguais, e, portanto, sem nenhum valor específico.

Mas Deus não agira assim. Pelo contrário, escreveu a lei e achou uma forma de convencer alguém a transgredi-la, só para poder inventar o Castigo. Sabia que Adão e Eva acabariam entediados com tanta coisa perfeita, e – mais cedo ou mais tarde – iriam testar a Sua paciência. Ficou ali à espera, porque talvez também Ele – Deus Todo-Poderoso – estivesse entediado com as coisas a funcionar perfeitamente: se Eva não tivesse comido a maçã, o que teria acontecido de interessante nestes bilhões de anos?

Nada.

Quando a lei foi violada, Deus – o Juiz Todo-Poderoso – ainda simulara uma perseguição, como se não conhecesse todos os esconderijos possíveis. Com os anjos a olhar e a divertir-se com a brincadeira (a vida para eles também devia ser muito aborrecida, desde que Lúcifer deixara o Céu), Ele começou a caminhar. Mari imaginava como aquele trecho da *Bíblia* daria uma bela cena num filme de *suspense*: os passos de Deus, os olhares assustados que o casal trocava entre si, os pés que subitamente paravam ao lado do esconderijo.

«Onde estás?», perguntara Deus.

«Ouvi os Seus passos no jardim, tive medo e escondi-me, porque estou nu», respondera Adão, sem saber que, a partir desta afirmação, passava a ser réu confesso de um crime.

Pronto. Através de um simples truque, aparentando não saber onde Adão estava, nem o motivo da sua fuga, Deus conseguira o que desejava. Mesmo assim, para não deixar nenhuma dúvida à plateia de anjos que assistia atentamente ao episódio, Ele resolvera ir mais adiante.

«*Como sabes que estás nu?*», dissera Deus, sabendo que esta pergunta só teria uma resposta possível: *porque comi da árvore que me permite entender isso.*

Com aquela pergunta, Deus mostrou aos seus anjos que era justo, e estava a condenar o casal com base em todas as provas existentes. A partir dali, não importava mais saber se a culpa era da mulher, nem pedir para ser perdoado; Deus precisava de um exemplo, de modo que nenhum outro ser – terrestre ou celeste – tivesse de novo o atrevimento de ir contra as Suas decisões.

Deus expulsou o casal, os seus filhos acabaram por pagar também pelo crime (como acontece até hoje com os filhos de criminosos), e o sistema judiciário fora inventado: lei, transgressão da lei (lógica ou absurda não tinha importância), julgamento (onde o mais experiente vencia o ingénuo) e castigo.

Como toda a humanidade fora condenada sem direito de revisão da sentença, os seres humanos decidiram criar mecanismos de defesa – para a eventualidade de Deus resolver de novo demonstrar o Seu poder arbitrário. Mas, no decorrer de milénios de estudos, os homens inventaram tantos recursos que acabaram por exagerar na dose – e agora a Justiça era um emaranhado de cláusulas, jurisprudências, textos contraditórios que ninguém conseguia entender ao certo.

Tanto é assim que, quando Deus resolveu mudar de ideias e mandar o seu Filho para salvar o mundo, o que acontecera? Caíra nas malhas da Justiça que Ele tinha inventado.

O emaranhado de leis acabou por fazer tanta confusão, que o Filho acabara pregado numa cruz. Não foi um processo simples: de Anás para Caifás, dos sacerdotes para Pilatos, que alegou não ter leis suficientes segundo o Código Romano. De Pilatos para Herodes, que – por sua vez – alegou que o código judeu não permitia a sentença de morte. De Herodes para Pilatos de novo, que ainda tentou uma apelação, oferecendo um acordo jurídico ao povo: açoitou-o e mostrou as suas feridas, mas não resultou.

Como fazem os modernos promotores, Pilatos resolveu promover-se às custas do condenado: ofereceu para trocar Jesus por Barrabás, sabendo que a Justiça, a esta altura, já se havia convertido num grande espectáculo onde é preciso um final apoteótico, com a morte do réu.

Finalmente, Pilatos usou o artigo que facultava ao juiz – e não a quem estava a ser julgado – o benefício da dúvida: lavou as mãos, o que quer dizer «nem sim, nem não». Era mais um artifício para preservar o sistema jurídico romano, sem ferir o bom relacionamento com os magistrados

locais, e ainda podendo transferir o peso da decisão para o povo – no caso daquela sentença
acabar por criar problemas, fazendo com que algum inspector da capital do Império fosse veri-
ficar, pessoalmente, o que estava a acontecer.

Justiça. Direito. Embora fosse indispensável
para ajudar os inocentes, nem sempre funciona-
va da maneira que todos gostariam. Mari ficou
contente por estar longe desta confusão toda, embora esta noite – com aquele piano a tocar – não
estivesse tão certa se Villete era o lugar indicado
para ela.

«Se eu decidir sair de vez deste lugar, nunca
mais me meto em Justiça, não vou mais conviver com loucos que se julgam normais e importantes – mas cuja única função na vida é fazer
tudo mais difícil para os outros. Vou ser costu-
reira, bordadeira, vou vender frutas em frente ao
Teatro Municipal; já cumpri a minha parte de
loucura inútil.»

Em Villete era permitido fumar, mas era proibido deitar o cigarro na relva. Com prazer, ela fez
o que era proibido, porque a grande vantagem de
estar ali era não respeitar regulamentos, e – mesmo assim – não ter que aguentar maiores consequências.

Aproximou-se da porta de entrada. O guarda
– havia sempre um guarda ali, afinal essa era a

lei – cumprimentou-a com um aceno de cabeça, e abriu a porta.

– Não vou sair – disse ela.

– Belo piano – respondeu o guarda. – Tem-se ouvido quase todas as noites.

– Mas vai acabar logo – disse, afastando-se rapidamente para não ter que explicar a razão.

Lembrou-se do que lera nos olhos da jovem, no momento em que ela entrou no refeitório: medo.

Medo. Veronika podia sentir insegurança, timidez, vergonha, constrangimento, mas porquê medo? Este sentimento só se justifica diante de uma ameaça concreta – como animais ferozes, pessoas armadas, terramotos – jamais de um grupo reunido num refeitório.

«Mas o ser humano é assim», consolou-se. «Substitui grande parte das suas emoções pelo medo.»

E Mari sabia muito bem do que estava a falar, porque este fora o motivo que a levara até Villete: a síndrome do pânico.

Mari mantinha no seu quarto uma verdadeira colecção de artigos sobre a doença. Hoje já se falava abertamente do assunto, e recentemente vira um programa de televisão alemã onde algumas pessoas relatavam as experiências por que tinham passado. Nesse mesmo programa, uma pesquisa revelava que parte significativa da população humana sofre de síndome do pânico, embora quase todos os afectados procurassem esconder os sintomas, com medo de serem considerados loucos.

Mas na época em que Mari tivera o seu primeiro ataque, nada disso era conhecido. «Foi o inferno. O verdadeiro inferno», pensou, acendendo outro cigarro.

O piano continuava a ouvir-se, a jovem parecia ter energia suficiente para passar a noite em claro.

Desde que aquela menina entrara no sanatório, muitos internos haviam sido afectados – e Mari era um deles. No começo, tinha procurado evitá-la, temendo despertar a sua vontade de viver; era melhor que continuasse a desejar a morte, porque não podia evitá-la mais. O Dr. Igor deixara escapar o boato de que, embora continuasse a dar-lhe injecções todos os dias, o estado da jovem deteriorava-se a olhos vistos, e não conseguiria salvá-la de modo nenhum.

Os internos tinham entendido o recado, e mantinham distância da mulher condenada. Mas – sem que ninguém soubesse exactamente porquê – Veronika começara a lutar pela sua vida, embora apenas duas pessoas se aproximassem dela: Zedka, que iria embora amanhã, e não era de falar muito. E Eduard.

Mari precisava de ter uma conversa com Eduard: ele escutava-a sempre com respeito. Será que o rapaz não entendia que estava a trazê--la de volta ao mundo? E que isso era a pior coisa que podia fazer a uma pessoa sem esperança de salvação?

Considerou mil possibilidades de explicar o assunto: todas elas envolviam incutir-lhe sentimentos de culpa, e isso ela não faria nunca. Mari reflectiu um pouco e resolveu deixar as coisas correrem no seu ritmo normal; já não advogava mais, e não queria dar o mau exemplo de criar novas leis de comportamento, num local onde devia reinar a anarquia.

Mas a presença da jovem tinha afectado muita gente ali, e alguns estavam dispostos a repensar as suas vidas. Num dos encontros da Fraternidade, alguém tentara explicar o que estava a acontecer: os falecimentos em Villete aconteciam de repente, sem dar tempo de ninguém pensar a respeito deles, ou no final de uma longa doença – onde a morte é sempre uma bênção.

No caso daquela jovem, porém, a cena era dramática – porque era jovem, desejava viver de novo, e todos sabiam que isso era impossível. Algumas pessoas perguntavam a si mesmas: «Se isso estivesse a acontecer comigo? Como eu tenho uma oportunidade, será que estou a utilizá-la?»

Alguns não se incomodavam com a resposta; há muito que tinham desistido, e já faziam parte de um mundo onde não existe nem vida nem morte, nem espaço nem tempo. Outros, porém, estavam a ser forçados a reflectir, e Mari era um deles.

Veronika parou de tocar por um instante, e olhou Mari lá fora, enfrentando o frio nocturno com um casaco leve; será que ela queria matar-se?

«Não. Quem se quis matar fui eu.»

Voltou ao piano. Nos seus últimos dias de vida, realizara finalmente o grande sonho: tocar com alma e coração, o tempo que quisesse, na altura que achasse melhor. Não tinha importância se a sua única plateia era um rapaz esquizofrénico; ele parecia entender a música, e isso era o que contava.

Mari nunca quisera matar-se. Pelo, contrário, há cinco anos atrás, dentro do mesmo cinema onde fora hoje, ela assistia horrorizada a um filme sobre a miséria em El Salvador, e pensava o quanto a sua vida era importante. Nessa época – com os filhos grandes e encaminhados nas suas profissões – estava decidida a largar o aborrecido e interminável trabalho de advocacia, para dedicar o resto dos seus dias a trabalhar numa organização humanitária. Os rumores de guerra civil no país cresciam a cada momento, mas Mari não acreditava neles: era impossível que, no fim do século, a Comunidade Europeia deixasse ocorrer uma nova guerra às suas portas.

Do outro lado do mundo, porém, a escolha das tragédias era farta: e entre essas tragédias estava a de El Salvador, com as suas crianças a passar fome na rua, e a ser obrigadas a prostituir-se.

– Que horror – disse ao marido, sentado na poltrona ao lado.

Ele concordou com a cabeça.

Mari vinha adiando a decisão há muito tempo, mas talvez fosse altura de conversar com ele. Já tinham recebido tudo o que a vida podia oferecer de bom: casa, trabalho, bons filhos, conforto necessário, divertimento e cultura. Porque não fazer agora algo pelo próximo? Mari tinha contactos na Cruz Vermelha, sabia que os voluntários eram desesperadamente necessários em muitas partes do mundo.

Estava farta de trabalhar com burocracia, processos, incapaz de ajudar gente que passava anos da sua vida para resolver um problema que não tinha criado. Trabalhar na Cruz Vermelha, porém, daria resultados imediatos.

Resolveu que, assim que saíssem do cinema, iria convidá-lo para um café, e discutir a ideia.

No ecrã via-se um funcionário qualquer do governo salvadorenho a dar uma desculpa desinteressante para determinada injustiça, e – de repente – Mari sentiu que o seu coração acelerava.

Disse para si mesma que não era nada. Talvez o ar abafado do cinema estivesse a asfixiá-la; se a sensação persistisse, iria até à sala de espera respirar um pouco.

Mas, numa sucessão rápida de acontecimentos, o coração começou a bater com mais e mais força, e ela começou a suar frio.

Assustou-se, e tentou prestar atenção ao filme, para ver se tirava qualquer tipo de pensamento negativo da cabeça. Mas viu que já não conseguia acompanhar o que estava a acontecer no ecrã; as imagens continuavam, os letreiros eram visíveis, enquanto que Mari parecia ter entrado numa realidade completamente diferente, onde tudo aquilo era estranho, fora de lugar, pertencendo a um mundo onde jamais estivera antes.

– Estou a sentir-me mal – disse ao marido.

Procurara evitar ao máximo fazer este comentário, porque significava admitir que algo não estava bem. Mas era impossível adiá-lo mais.

– Vamos até lá fora – respondeu ele.

Quando pegou na mão da mulher para ajudá-la a levantar-se, notou que estava gelada.

– Não vou conseguir chegar até lá fora. Por favor, diz-me o que está a acontecer.

O marido assustou-se. O rosto de Mari estava coberto de suor, e os seus olhos tinham um brilho diferente.

– Fica calma. Eu vou sair, e chamar um médico.

Ela estava desesperada. As palavras faziam sentido, mas tudo o resto – o cinema, a penumbra, as pessoas sentadas lado a lado e a olhar para um ecrã brilhante –, tudo aquilo parecia ameaçador. Tinha a certeza de que estava viva, podia até mesmo tocar a vida ao seu redor, como se fosse sólida. E nunca antes passara por aquilo.

– Não me deixes aqui sozinha, de maneira nenhuma. Vou levantar-me, e vou sair contigo. Anda devagar.

Os dois pediram licença aos espectadores que se encontravam na mesma fila, e começaram a caminhar em direcção ao fundo da sala, onde estava a porta de saída. O coração de Mari agora estava completamente disparado, e ela tinha a certeza, absoluta certeza, de que nunca ia conseguir deixar aquele local. Tudo o que fazia, cada gesto seu – colocar um pé diante do outro, pedir licença, agarrar-se ao braço do marido, inspirar e expirar – parecia consciente e pensado, e aquilo era aterrador.

Nunca sentira tanto medo na sua vida.

«Vou morrer dentro de um cinema.»

E julgou compreender o que estava a passar-se, porque uma amiga sua morrera dentro de um cinema, há muitos anos atrás: um aneurisma tinha rebentado no seu cérebro.

Os aneurismas cerebrais são como bombas--relógio. Pequenas varizes que se formam nos vasos sanguíneos – como bolhas em pneus usados – e que podem passar ali toda a existência de uma pessoa, sem que nada aconteça. Ninguém sabe se tem um aneurisma, até que ele é descoberto sem querer – como no caso de uma radiografia ao cérebro por outros motivos – ou no momento em que ele explode, inundando tudo de sangue, colocando a pessoa imediatamente em coma, e geralmente fazendo com que morra em pouco tempo.

Enquanto caminhava pelo corredor da sala escura, Mari lembrava-se da amiga que perdera. O mais estranho, porém, era como a explosão do aneurisma estava a afectar a sua percepção: ela parecia ter sido transportada para um planeta diferente, vendo cada coisa familiar como se fosse a primeira vez.

E o medo aterrador, inexplicável, o pânico de estar só naquele outro planeta. A morte.

«Não posso pensar. Tenho que fingir que tudo está bem, e tudo ficará bem.»

Procurou agir naturalmente, e por alguns segundos a sensação de estranheza diminuiu. Desde o momento em que tivera o primeiro sintoma de taquicardia, até à hora que alcançou a porta, tinha passado os dois minutos mais aterradores da sua vida.

Quando chegaram à sala de espera iluminada, porém, tudo pareceu voltar. As cores eram fortes, o ruído da rua lá fora parecia entrar por todos os cantos, e as coisas eram absolutamente irreais. Começou a reparar em pormenores que nunca antes tinha notado: a nitidez da visão, por exemplo, que cobre apenas uma pequena área onde concentramos os nossos olhos, enquanto o resto fica totalmente desfocado.

Foi mais longe ainda: sabia que tudo aquilo que via à sua volta não passava de uma cena criada por impulsos eléctricos dentro do seu cérebro, utilizando impulsos de luz que atravessavam um corpo gelatinoso, chamado «olho».

Não. Não podia começar a pensar nisso. Se enveredasse por aí, ia acabar completamente louca.

Por esta altura, o medo do aneurisma já tinha passado; ela saíra da sala de cinema e continuava viva – enquanto a sua amiga não tivera nem tempo para se mover da cadeira.

– Vou chamar uma ambulância – disse o marido, ao ver o rosto pálido e os lábios sem cor da mulher.

– Chama um táxi – pediu, escutando o som que saía da sua boca, consciente da vibração de cada corda vocal.

Ir para o hospital significava aceitar que estava realmente muito mal: Mari estava decidida a lutar até ao último minuto para que as coisas voltassem a ser o que eram.

Saíram da sala de espera, e o frio cortante pareceu surtir algum efeito positivo; Mari recuperou um pouco o controlo de si mesma, embora o pânico, o terror inexplicável, continuasse. Enquanto o marido, desesperado, tentava encontrar um táxi àquela hora da noite, ela sentou-se no meio-fio e procurou não olhar o que havia à sua volta – porque as crianças a brincar, os autocarros a passar, a música que vinha de um parque de diversões nas cercanias, tudo aquilo parecia absolutamente surrealista, assustador, irreal.

Um táxi apareceu finalmente.

– Para o hospital – disse o marido, ajudando a mulher a entrar.

– Para casa, pelo amor de Deus – pediu ela. Não queria mais lugares estranhos, precisava desesperadamente de coisas familiares, iguais, capazes de diminuir o medo que sentia.

Enquanto o táxi se dirigia ao destino indicado, a taquicardia foi diminuindo, e a temperatura do corpo começou a voltar ao normal.

– Estou a melhorar – disse ao marido. – Deve ter sido alguma coisa que comi.

Quando chegaram a casa, o mundo parecia de novo o mesmo que conhecera desde a sua infância. Ao ver o marido dirigir-se ao telefone, perguntou o que ia fazer.

– Chamar um médico.

– Não há necessidade. Olha para mim, já estou bem.

A cor de seu rosto tinha voltado, o coração batia normalmente, e o medo incontrolável tinha desaparecido.

Mari dormiu pesadamente naquela noite, e acordou com uma certeza; alguém colocara alguma droga no café que tinham bebido antes de entrar no cinema. Tudo não passara de uma brincadeira perigosa, e ela estava disposta – ao fim da tarde – a chamar um promotor e ir até ao bar para tentarem descobrir o irresponsável autor da ideia.

Foi para o trabalho, despachou alguns processos que estavam pendentes, procurou ocupar-se com os mais diversos assuntos – a experiência do dia anterior deixara-a um pouco assustada, e precisava de mostrar a si mesma que aquilo não se repetiria nunca mais.

Discutiu com um dos seus sócios o filme sobre El Salvador e mencionou – de passagem – que já estava cansada de fazer todos os dias a mesma coisa.

– Talvez tenha chegado a hora de me reformar.

– Tu és uma das melhores advogadas que temos – disse o sócio. – E o Direito é uma das raras profissões em que a idade conta sempre a favor. Porque não tiras umas férias prolongadas? Tenho a certeza que voltarás com entusiasmo para cá.

– Quero dar uma reviravolta na minha vida. Viver uma aventura, ajudar os outros, fazer algo que nunca fiz.

A conversa acabou por ali. Foi até à praça, almoçou num restaurante mais caro do que aquele em que costumava almoçar sempre, e voltou mais cedo para o escritório – a partir daquele momento, estava a começar a sua retirada.

O resto dos funcionários ainda não voltara, e Mari aproveitou para ver o trabalho que ainda estava na sua mesa. Abriu a gaveta para pegar uma caneta que colocava sempre no mesmo lugar, e não conseguiu encontrá-la. Por uma fracção de segundo, pensou que talvez estivesse a agir de maneira estranha, pois não tinha reposto a caneta onde devia.

Foi o suficiente para que o coração tornasse a disparar, e o terror da noite anterior voltasse com toda a sua força.

Mari ficou paralisada. O Sol que entrava pelas persianas dava a tudo uma cor diferente, mais viva, mais agressiva, mas ela tinha a sensação de que ia morrer no próximo minuto; tudo aquilo ali era absolutamente estranho, o que estava a fazer naquele escritório?

«Meu Deus, eu não acredito em ti, mas ajuda-me.»

Começou novamente a suar frio, e viu que não conseguia controlar o medo. Se alguém entrasse ali, naquele momento, ia notar o seu olhar assustado, e ela estaria perdida.

«O frio.»

O frio tinha feito com que se sentisse melhor no dia anterior, mas como chegar até à rua? De novo percebia cada pormenor do que se passava com ela – o ritmo da respiração (havia momentos em que sentia que, se não inspirasse e expirasse, o corpo seria incapaz de o fazer por si mesmo), o movimento da cabeça (as imagens mudavam de lugar como se fosse uma câmara de televisão a girar), o coração disparando cada vez mais, o corpo banhado por um suor gelado e pastoso.

E o terror. Sem qualquer explicação, um medo gigantesco de fazer qualquer coisa, dar qualquer passo, sair de onde estava sentada.

«Vai passar.»

Tinha passado no dia anterior. Mas agora estava no trabalho, o que fazer? Olhou o relógio – que lhe pareceu também um mecanismo absurdo, com duas agulhas a girar em torno do mesmo eixo, indicando uma medida de tempo que ninguém jamais dissera porque devia ser 12, e não 10 – como todas as outras medidas do homem.

«Não posso pensar nestas coisas. Elas deixam-me louca.»

Louca. Talvez esta fosse a palavra certa para o que estava a acontecer-lhe; reunindo toda a sua vontade, Mari levantou-se e caminhou para a casa de banho. Felizmente o escritório continuava vazio, e ela conseguiu chegar onde queria num minuto – que lhe pareceu uma eternidade. Lavou o rosto, e a sensação de estranheza diminuiu, mas o medo continuava.

«Vai passar», dizia a si mesma. «Ontem passou.» Lembrava-se que, no dia anterior, tudo tinha demorado aproximadamente uns 30 minutos. Trancou-se dentro de um dos reservados, sentou--se na retrete, e colocou a cabeça entre as pernas. A posição fez com que o som de seu coração fosse ampliado, e Mari ergueu logo o corpo.

«Vai passar.»

Ficou ali, achando que já não se conhecia a si mesma, estava irremediavelmente perdida. Ouviu passos de gente a entrar e a sair da casa de banho, torneiras a ser abertas e fechadas, conversas inúteis sobre temas banais. Mais de uma vez alguém tentou abrir a porta do reservado onde estava, mas ela murmurava qualquer coisa, e ninguém insistia. Os ruídos das descargas soavam como algo apavorante, capaz de derrubar o edifício e levar todas as pessoas para o inferno.

Mas – conforme previra – o medo foi passando, e o seu coração foi voltando ao normal. Ainda bem que a sua secretária era incompetente o bastante para nem sequer notar a sua falta, ou já todo o escritório estaria ali, a perguntar se ela estava bem.

Quando viu que conseguia manter de novo o controlo de si mesma, Mari abriu a porta, lavou demoradamente o rosto, e voltou para o escritório.

– A senhora está sem maquilhagem – disse uma estagiária. – Quer que eu lhe empreste a minha?

Mari não se deu ao trabalho de responder. Entrou no escritório, pegou na sua bolsa, nos seus pertences pessoais, e disse à secretária que ia passar o resto do dia em casa.

– Mas há muitos encontros marcados! – protestou a secretária.

– Você não dá ordens: recebe. Faça exactamente o que estou a dizer: desmarque os encontros.

A secretária acompanhou com os olhos aquela mulher, com quem trabalhava há quase três anos, e que nunca fora grosseira. Algo muito sério devia estar a acontecer-lhe: talvez alguém lhe tivesse dito que o marido estava em casa com uma amante, e ela queria provocar um flagrante de adultério.

«É uma advogada competente, sabe como agir», disse a rapariga para si mesma. Com certeza, amanhã a doutora pedir-lhe-ia desculpas.

Não houve amanhã. Naquela noite, Mari teve uma longa conversa com o marido, e descreveu-lhe todos os sintomas do que sentira. Juntos, chegaram à conclusão que as palpitações no coração, o suor frio, a estranheza, impotência e descontrolo – tudo podia ser resumido numa só palavra: medo.

Marido e mulher estudaram juntos o que estava a acontecer. Ele pensou num cancro na cabeça, mas não disse nada. Ela pensou que estava a ter premonições de algo terrível, e tão-pouco disse nada. Procuraram um terreno comum para conversar, com a lógica e a razão de gente madura.

– Talvez seja melhor fazeres uns exames.

Mari concordou, com uma condição: ninguém, nem mesmo os seus filhos, podiam saber de nada.

No dia seguinte solicitou – e obteve – uma licença não remunerada de 30 dias no escritório de advocacia. O marido pensou em levá-la para a Áustria, onde estavam os grandes especialistas de doenças no cérebro, mas ela recusava-se a sair de casa – os ataques agora eram mais frequentes, e demoravam mais tempo.

A muito custo, e a base de calmantes, os dois foram a um hospital de Lubljana, e Mari submeteu-se a uma quantidade enorme de exames. Nada de anormal foi encontrado – nem mesmo um aneurisma, o que tranquilizou Mari por algum tempo.

Mas os ataques de pânico continuavam. Enquanto o marido se ocupava das compras e cozinhava, Mari fazia uma limpeza diária e compulsiva da casa, para manter a mente concentrada noutras coisas. Começou a ler todos os livros de psiquiatria que encontrava, e deixou de ler logo em seguida – porque parecia identificar-se com cada uma das doenças que eram ali descritas.

O mais terrível de tudo é que os ataques já não eram novidade, e mesmo assim ela continuava a sentir pavor, estranheza diante da realidade, incapacidade de se controlar a si mesma. Além disso, começou a culpar-se pela situação do marido, que era obrigado a trabalhar o dobro, suprindo as suas próprias tarefas como dona de casa – excepto a limpeza.

Com os dias a passar, e a situação a não se resolver, Mari começou a sentir – e a exteriorizar – uma irritação profunda. Tudo era motivo para que perdesse a calma e começasse a gritar, terminando invariavelmente num choro compulsivo.

Depois de trinta dias, o sócio de Mari no escritório apareceu em sua casa. Ele ligava todos os dias, mas ela não atendia o telefone, ou mandava o marido dizer que estava ocupada. Naquela tarde, ele simplesmente tocou à campainha, até que ela abriu a porta.

Mari tinha passado uma manhã tranquila. Preparou um chá, conversaram sobre o escritório, e ele perguntou quando é que ela voltaria a trabalhar.

– Nunca mais.

Ele recordou a conversa sobre El Salvador.

– Deste sempre o melhor de ti, e tens o direito de escolher o que quiseres – disse ele, sem qualquer censura na voz. – Mas penso que o trabalho, nestes casos, é a melhor de todas as terapias. Faz as tuas viagens, conhece o mundo, sê útil onde achas que estão a precisar de ti, mas as portas do escritório estão sempre abertas para ti.

Ao ouvir isso, Mari começou a chorar – como costumava fazer agora, com muita facilidade.

O sócio esperou até que ela se acalmasse. Como bom advogado, não perguntou nada; sabia que tinha mais hipóteses de conseguir uma resposta com o seu silêncio, do que com uma pergunta.

E assim foi. Mari contou a história, desde o que acontecera no cinema, até aos seus recentes ataques histéricos com o marido, que tanto a apoiava.

– Estou louca – disse.

– É uma possibilidade – respondeu ele, com ar de quem entende tudo, mas com ternura na sua voz. – Nesse caso, há duas coisas a fazer: trata-res-te, ou continuares doente.

– Não há tratamento para o que estou a sentir. Continuo no pleno domínio das minhas faculdades mentais, e estou tensa porque esta situação já se prolonga há muito tempo. Mas não tenho os sintomas clássicos da loucura – como ausência da realidade, desinteresse ou agressividade descontrolada. Apenas medo.

– É o que todos os loucos dizem: que são normais.

Os dois riram, e ela preparou um pouco mais de chá. Conversaram sobre o tempo, o sucesso da independência eslovena, as tensões que agora surgiam entre a Croácia e a Jugoslávia. Mari via televisão o dia inteiro, e estava muito bem informada sobre tudo.

Antes de se despedir, o sócio tornou a tocar no assunto.

– Acabam de abrir um sanatório na cidade – disse. – Capital externo, e tratamento de primeiro mundo.

– Tratamento de quê?

– Desequilíbrios, vamos dizer assim. E medo em exagero é um desequilíbrio.

Mari prometeu pensar no assunto, mas não tomou nenhuma decisão nesse sentido. Continuou a ter ataques de pânico por mais um mês, até entender que não apenas a sua vida pessoal, mas o seu casamento estavam a ruir. De novo pediu alguns calmantes, e ousou sair de casa – pela segunda vez em sessenta dias.

Apanhou um táxi, e foi até ao novo sanatório. No caminho, o motorista perguntou se ia visitar alguém.

– Dizem que é muito confortável, mas dizem também que os loucos são furiosos, e que os tratamentos incluem choques eléctricos.

– Vou visitar alguém – respondeu Mari.

Bastou apenas uma hora de conversa para que dois meses de sofrimento de Mari terminassem. O chefe da instituição – um homem alto com cabelos pintados de negro, que atendia pelo nome de Dr. Igor – explicou que se tratava apenas de um caso de Síndrome do Pânico, doença recém-admitida nos anais da psiquiatria universal.

– Não quer dizer que a doença seja nova – explicou, com o cuidado de ser bem compreendido. – Acontece que as pessoas afectadas costumavam escondê-la, com medo de serem confundidas com loucos. É apenas um desequilíbrio químico no organismo, como é o caso da depressão.

O Dr. Igor deu-lhe uma receita, e pediu que voltasse para casa.

– Não quero voltar para casa agora – respondeu Mari. – Mesmo com tudo o que o senhor disse, não vou ter coragem de andar na rua. O meu casamento virou um inferno, e preciso de deixar que o meu marido também recupere destes meses que passou a tratar de mim.

Como acontecia sempre em casos como estes – já que os accionistas queriam manter o hospício funcionando em plena capacidade – o Dr. Igor aceitou o internamento, embora deixasse bem claro que não era necessário.

Mari recebeu a medicação necessária, teve um acompanhamento psicológico, e os sintomas diminuíram – acabando por desaparecer completamente.

Neste meio tempo, porém, a história do internamento de Mari correu a pequena cidade de Lubljana. O seu sócio, amigo de muitos anos, companheiro de não se sabe quantas horas de alegria e medo, veio visitá-la a Villete. Cumprimentou-a pela coragem de aceitar o seu conselho, e procurar ajuda. Mas logo disse a razão por que viera:

– Talvez seja mesmo altura de te reformares.

Mari entendeu o que estava por trás daquelas palavras: ninguém quereria confiar os seus negócios a uma advogada que já tinha sido internada num hospício.

– Disseste que o trabalho era a melhor terapia. Eu preciso de voltar, nem que seja por um período muito curto.

Ela aguardou qualquer reacção, mas ele não disse nada. Mari continuou:

– Tu mesmo sugeriste que eu me tratasse. Quando eu pensava na reforma, estava a pensar em sair vitoriosa, realizada, por minha livre e espontânea vontade. Não quero largar o meu emprego assim, porque fui derrotada. Dá-me pelo menos uma oportunidade de recuperar a minha auto-estima, e então eu peço a reforma.

O advogado pigarreou.

– Eu sugeri que te tratasses, não que te internasses.

– Mas era uma questão de sobrevivência. Eu simplesmente não conseguia sair à rua, o meu casamento estava a acabar.

Mari sabia que desperdiçava as palavras. Nada do que fizesse iria conseguir dissuadi-lo – afinal de contas, era o prestígio do escritório que estava em jogo. Mesmo assim, tentou mais uma vez.

– Eu aqui dentro tenho convivido com dois tipos de pessoas: gente que não tem oportunidade de voltar à sociedade, e gente que está absolutamente curada, mas prefere fingir-se louca, para não ter que enfrentar as responsabilidades da vida. Eu quero, eu preciso de voltar a gostar de mim mesma, devo convencer-me de que sou capaz de tomar as minhas próprias decisões. Não posso ser empurrada para coisas que não escolhi.

– Nós podemos cometer muitos erros nas nossas vidas – disse o advogado. – Menos um: aquele que nos destrói.

Não adiantava continuar a conversa: na opinião dele, Mari tinha cometido o erro fatal.

Dois dias depois, anunciaram a visita de outro advogado – desta vez de um escritório diferente, considerado o melhor rival dos seus agora ex-companheiros. Mari animou-se: talvez ele soubesse que ela estava livre para aceitar um novo emprego, e ali estava a oportunidade de recuperar o seu lugar no mundo.

O advogado entrou na sala de visitas, sentou-se diante dela, sorriu, perguntou se já estava melhor, e tirou vários papéis da mala.

– Estou aqui por causa do seu marido – disse. – Isto é um pedido de divórcio. É claro, ele pagará as suas despesas do hospital pelo tempo que permanecer aqui.

Desta vez, Mari não reagiu. Assinou tudo, mesmo sabendo que – de acordo com a Justiça que havia aprendido – podia prolongar indefinidamente aquela briga. Em seguida, foi ver o Dr. Igor, e disse que os sintomas de pânico tinham retornado.

O Dr. Igor sabia que ela estava a mentir, mas prolongou o internamento por tempo indeterminado.

Veronika resolveu deitar-se, mas Eduard continuava de pé, ao lado do piano.

– Estou cansada, Eduard. Preciso de dormir.

Gostaria de continuar a tocar para ele, retirando da sua memória anestesiada todas as sonatas, requiens, adágios que conhecia – porque ele sabia admirar sem exigir. Mas o seu corpo não aguentava mais.

Ele era um homem tão bonito! Se pelo menos saísse um pouco do seu mundo e a olhasse como uma mulher, então as suas últimas noites nesta terra podiam ser as mais belas da sua vida, porque Eduard era o único capaz de entender que Veronika era uma artista. Conseguira com aquele homem um tipo de ligação como jamais conseguira com alguém – através da emoção pura de uma sonata ou de um minueto.

Eduard era o homem ideal. Sensível, educado, que destruíra um mundo desinteressante para recriá-lo de novo na sua cabeça, desta vez com novas cores, personagens, histórias. E esse mundo novo incluía uma mulher, um piano, e uma Lua que continuava a crescer.

– Eu podia apaixonar-me agora, entregar tudo o que tenho a ti – disse, sabendo que ele não podia entendê-la. – Tu pedes-me apenas um pouco de música, mas eu sou muito mais do que pensava que era, e gostaria de partilhar outras coisas que passei a entender.

Eduard sorriu. Será que tinha compreendido? Veronika ficou com medo – o manual do bom comportamento diz que não se deve falar de amor de uma maneira tão directa, e jamais com um homem que vira tão poucas vezes. Mas resolveu continuar, porque não tinha nada a perder.

– Tu és o único homem na face da Terra pelo qual eu posso apaixonar-me, Eduard. Simplesmente porque, quando eu morrer, não sentirás a minha falta. Não sei o que sente um esquizofrénico, mas certamente não deve ser saudades de alguém.

»Talvez, no início, estranhes o facto de que não exista mais música durante a noite; no entanto, sempre que a Lua aparecer, haverá alguém disposto a tocar sonatas, principalmente num sanatório – já que todos nós aqui somos «lunáticos».

Não sabia qual a relação entre os loucos e a Lua, mas devia ser muito forte, pois usavam uma palavra daquelas para descrever os doentes mentais.

– E eu tão-pouco vou sentir a tua falta, Eduard, porque vou estar morta, longe daqui. E como não tenho medo de te perder, não me importo com o que vais pensar ou não de mim, e hoje toco para ti como uma mulher apaixonada. Foi óptimo. Foi o melhor momento da minha vida.

Olhou para Mari lá fora. Lembrou-se das suas palavras. E voltou a olhar para o rapaz à sua frente.

Veronika tirou a camisola, aproximou-se de Eduard – se tivesse que fazer algo, que fosse agora. Mari não ia aguentar o frio lá fora por muito tempo, e logo voltaria a entrar.

Ele recuou. A pergunta nos seus olhos era outra: quando iria voltar para o piano? Quando tocaria uma nova música, para encher a sua alma com as mesmas cores, sofrimentos, dores e alegrias daqueles compositores loucos, que tinham atravessado tantas gerações com as suas obras?

– A mulher lá fora disse-me: «Masturbe-se. Saiba onde quer chegar.» Será que posso ir mais longe do que sempre fui?

Ela pegou na mão dele, e quis conduzi-lo para o sofá, mas Eduard polidamente recusou. Preferia ficar de pé onde estava, ao lado do piano, esperando pacientemente que ela voltasse a tocar.

Veronika ficou desconcertada, e logo se deu conta de que nada tinha a perder. Estava morta, de que adiantava ficar alimentando medos ou preconceitos com que sempre limitara a sua vida? Tirou a blusa, a calça, o *soutien*, a calcinha, e ficou nua diante dele.

Eduard riu. Ela não sabia de quê, mas reparou que ele rira. Delicadamente, pegou na sua mão, e colocou-a no seu sexo; a mão ficou ali, imóvel. Veronika desistiu da ideia, e retirou-a.

Algo a excitava muito mais do que um contacto físico com aquele homem: o facto de que podia fazer o que quisesse, de que não havia limites – excepto pela mulher lá fora, que podia entrar a qualquer momento, ninguém mais devia estar acordado.

O sangue começou a correr mais rápido, e o frio – sentira-o ao despir-se – foi desaparecendo. Os dois estavam de pé, frente a frente, ela nua, ele totalmente vestido. Veronika desceu a mão até ao seu sexo, e começou a masturbar-se; já fizera aquilo antes, sozinha ou com alguns parceiros – mas nunca numa situação como esta, onde o homem não demonstrava qualquer interesse pelo que estava a acontecer.

E isso era excitante, muito excitante. De pé, com as pernas abertas, Veronika tocava o seu sexo, os seus seios, os seus cabelos, entregando-se como nunca se entregara, não porque queria ver aquele rapaz sair do seu mundo distante, mas porque nunca tinha experimentado isto.

Começou a falar, a dizer coisas impensáveis, que os seus pais, os seus amigos, os seus ancestrais considerariam o que havia de mais sujo no mundo. Veio o primeiro orgasmo, e ela mordeu os lábios para não gritar de prazer.

Eduard encarava-a. Havia um brilho diferente nos seus olhos, parecia que estava compreendendo alguma coisa, nem que fosse a energia, o calor, o suor, o cheiro que exalava do seu corpo. Veronika ainda não estava satisfeita. Ajoelhou-se, e começou a masturbar-se de novo.

Queria morrer de gozo, de prazer, pensando e realizando tudo o que sempre lhe fora proibido: implorou ao homem que a tocasse, que a submetesse, que a usasse para tudo o que tinha vontade. Quis que Zedka estivesse também ali, porque uma mulher sabe como tocar o corpo da outra como nenhum homem consegue, já que conhece todos os seus segredos.

De joelhos, diante daquele homem em pé, ela sentiu-se possuída e tocada, e usou palavras pesadas para descrever o que queria que ele lhe fizesse. Um novo orgasmo foi chegando, desta vez mais forte que nunca, como se tudo à sua volta fosse explodir. Lembrou-se do ataque de coração que tivera naquela manhã, mas isso não tinha mais nenhuma importância, ia morrer gozando, explodindo. Sentiu-se tentada a segurar o sexo de Eduard, que se encontrava bem diante do seu rosto, mas não queria correr nenhum risco de estragar aquele momento; estava indo longe, muito longe, exactamente como Mari dissera.

Imaginou-se rainha e escrava, dominadora e dominada. Na sua fantasia, fazia amor com brancos, negros, amarelos, homossexuais, mendigos. Era de todos, e todos podiam fazer tudo. Teve um, dois, três orgasmos seguidos. Imaginou tudo o que nunca imaginara antes – e entregou-se ao que havia de mais vil e mais puro. Finalmente, não conseguiu mais conter-se e gritou muito, de prazer, da dor dos orgasmos seguidos, dos muitos homens e mulheres que tinham entrado e saído do seu corpo, usando as portas da sua mente.

Deitou-se no chão, e deixou-se ficar ali, inundada de suor, com a alma cheia de paz. Escondera os seus desejos ocultos de si mesma, sem nunca saber ao certo porquê – e não precisava de uma resposta. Bastava ter feito o que fizera: entregar-se.

Pouco a pouco, o Universo foi voltando ao seu lugar, e Veronika levantou-se. Eduard mantivera-se imóvel o tempo todo, mas algo nele parecia ter mudado: os seus olhos mostravam ternura, uma ternura muito próxima deste mundo.

«Foi tão bom que consigo ver amor em tudo. Até mesmo nos olhos de um esquizofrénico.»

Começou a vestir as suas roupas, e sentiu uma terceira presença na sala.

Mari estava ali. Veronika não sabia quando ela tinha entrado, o que escutara ou vira, mas mesmo assim não sentia vergonha ou medo. Apenas a olhou, com a mesma distância com que se olha uma pessoa demasiado próxima.

– Fiz o que tu sugeriste – disse. – Cheguei longe.

Mari permaneceu em silêncio; tinha acabado de reviver momentos muito importantes da sua vida, e sentia um certo mal-estar. Talvez fosse altura de voltar para o mundo, enfrentar as coisas lá fora, dizer que todos podiam ser membros de uma grande Fraternidade, mesmo sem nunca terem conhecido um hospício.

Como aquela jovem, por exemplo – cuja única razão para estar em Villete era ter atentado contra a própria vida. Ela jamais conhecera o pânico, a depressão, as visões místicas, as psicoses, os limites a que a mente humana pode levar--nos. Embora conhecesse tantos homens, nunca experimentara o que havia de mais oculto nos seus desejos – e o resultado é que não conhecia nem metade da sua vida. Ah, se todos pudessem conhecer e conviver com a sua loucura interior! O mundo seria pior? Não, as pessoas seriam mais justas e mais felizes.

– Porque nunca fiz isto antes?

– Ele quer que toques mais uma música – disse Mari, olhando para Eduard. – Acho que merece.

– Farei isso, mas responde: porque nunca tinha feito isto antes? Se sou livre, se posso pensar em tudo o que quero, porque evitei sempre imaginar situações proibidas?

– Proibidas? Ouve: eu já fui advogada, e conheço as leis. Também já fui católica, e sabia de cor grande parte da *Bíblia*. O que queres dizer com «proibida»?

Mari aproximou-se dela, e ajudou-a a vestir a camisola.

– Olha bem nos meus olhos, e não esqueças o que te vou dizer. Só existem duas coisas proibidas – uma pela lei do homem, outra pela lei de Deus. Nunca forces uma relação com alguém, que é considerado estupro. E nunca tenhas relações com crianças, porque esse é o pior dos pecados. Afora isto, és livre. Existe sempre alguém querendo exactamente a mesma coisa que tu desejas.

Mari não estava com paciência para ensinar coisas importantes a alguém que iria morrer logo. Com um sorriso, disse «boa-noite» e retirou-se.

Eduard não se moveu, esperando a sua música. Veronika precisava de recompensá-lo pelo imenso prazer que ele lhe dera, só pelo facto de permanecer diante dela, olhando a sua loucura sem pavor ou repulsa. Sentou-se ao piano e recomeçou a tocar.

A sua alma estava leve, e nem mesmo o medo da morte a atormentava mais. Tinha vivido o que sempre escondera de si mesma. Tinha experimentado os prazeres de virgem e de prostituta, de escrava e rainha – mais de escrava do que de rainha.

Naquela noite, como por milagre, todas as canções que sabia voltaram à sua mente, e ela fez com que Eduard tivesse quase tanto prazer quanto ela.

Quando acendeu a luz, o Dr. Igor ficou surpreso ao ver a jovem sentada na sala de espera do seu consultório.

– Ainda é muito cedo. E estou com o dia cheio.

– Sei que é cedo – disse ela. – E o dia ainda não começou. Preciso de falar um pouco, só um pouco. Preciso de ajuda.

Ela estava com olheiras, a pele sem brilho, sintomas típicos de quem passara a noite inteira em claro.

O Dr. Igor resolveu deixá-la entrar.

Pediu que se sentasse, acendeu a luz do consultório, e abriu as cortinas. Ia amanhecer em menos de uma hora, e logo poderia economizar os gastos com a electricidade; os accionistas importavam-se sempre com despesas, por mais insignificantes que fossem.

Deu uma rápida olhada na sua agenda: Zedka já tinha tomado o seu último choque de insulina, e reagira bem – ou melhor, conseguira sobreviver ao tratamento desumano. Ainda bem que, naquele caso específico, o Dr. Igor exigira que o Conselho do hospital assinasse uma declaração, responsabilizando-se pelos resultados.

Passou a examinar os relatórios. Dois ou três pacientes tinham-se comportado de maneira agressiva durante a noite, segundo o relato dos enfermeiros – entre eles Eduard, que voltara para a sua enfermaria às quatro horas da manhã, e recusara-se a tomar os comprimidos para dormir. O Dr. Igor precisava de tomar uma providência; por mais liberal que Villete fosse do lado de dentro, era preciso manter as aparências de uma instituição conservadora e severa.

– Tenho algo muito importante a pedir – disse a jovem.

Mas o Dr. Igor não lhe deu atenção. Pegando um estetoscópio, começou a auscultar o seu pulmão e coração. Testou os seus reflexos, e examinou o fundo da retina com uma pequena lanterna portátil. Viu que ela quase não tinha mais sinais de envenenamento por Vitríolo – ou Amargura, como todos preferiam chamar.

Em seguida, foi até ao telefone e pediu para a enfermeira trazer um remédio de nome complicado.

– Parece que não tomou a sua injecção ontem à noite – disse ele.

– Mas estou a sentir-me melhor.

– Nota-se no seu rosto: olheiras, cansaço, falta de reflexos imediatos. Se quer aproveitar o pouco tempo que lhe resta, por favor faça o que eu mando.

– Justamente por isso é que estou aqui. Quero aproveitar o pouco tempo, mas à minha maneira. Quanto tempo falta?

O Dr. Igor olhou-a por sobre os óculos.

– O senhor pode responder-me – insistiu ela. – Já não tenho medo, nem indiferença, nem nada. Tenho vontade de viver, mas sei que isso não basta, e estou conformada com o meu destino.

– Então o que quer?

A enfermeira entrou com a injecção. O Dr. Igor fez um sinal com a cabeça; ela levantou delicadamente a manga da camisola de Veronika.

– Quanto tempo me resta? – repetiu Veronika, enquanto a enfermeira dava a injecção.

– Vinte e quatro horas. Talvez menos.

Ela abaixou os olhos, e mordeu os lábios. Mas manteve o controlo.

– Quero pedir dois favores. O primeiro, que me dê um remédio, uma injecção, seja o que for – de modo que eu possa ficar acordada, e aproveitar cada minuto que restar da minha vida. Eu estou com muito sono, mas não quero mais dormir, tenho muito que fazer – coisas que sempre deixei para o futuro, quando pensava que a vida era eterna. Coisas pelas quais perdi o interesse, quando passei a acreditar que a vida não valia a pena.

– Qual o seu segundo pedido?

– Sair daqui, e morrer lá fora. Preciso de subir ao castelo de Lubljana, que sempre esteve ali, e nunca tive a curiosidade de vê-lo de perto. Preciso de conversar com a mulher que vende castanhas no Inverno, e flores na Primavera; quantas vezes nos cruzámos, e eu nunca lhe perguntei como passava? Quero andar na neve sem casaco, sentindo o frio extremo – eu, que sempre estive bem agasalhada, com medo de apanhar uma constipação.

»Enfim, Dr. Igor, eu preciso de apanhar chuva no rosto, sorrir para os homens que me interessam, aceitar todos os cafés para os quais me convidem. Tenho que beijar a minha mãe, dizer que a amo, chorar no seu colo – sem vergonha de mostrar os meus sentimentos, porque eles sempre existiram, e eu escondi-o.

»Talvez eu entre na igreja, olhe aquelas imagens que nunca me disseram nada, e elas acabem por me dizer alguma coisa. Se um homem interessante me convidar para uma discoteca, eu vou aceitar, e vou dançar a noite inteira, até cair exausta. Depois irei para a cama com ele – mas não da maneira como fui com outros, ora tentando manter o controlo, ora fingindo coisas que não sentia. Quero entregar-me a um homem, à cidade, à vida e, finalmente, à morte.

Houve um pesado silêncio quando Veronika acabou de falar. Médico e paciente olhavam-se nos olhos, absortos, talvez distraídos com as muitas possibilidades que simples 24 horas podiam oferecer.

– Posso dar-lhe alguns medicamentos estimulantes, mas não aconselho o seu uso – disse finalmente o Dr. Igor. – Eles afastarão o sono, mas também levarão embora a paz de que necessita para viver tudo isso.

Veronika começou a sentir-se mal; sempre que tomava aquela injecção, algo de ruim acontecia no seu corpo.

– Você está a ficar mais pálida. Talvez seja melhor ir para a cama, e voltaremos a conversar amanhã.

Ela sentiu de novo vontade de chorar, mas continuou mantendo o controlo.

– Não haverá amanhã, e o senhor sabe disso. Estou cansada, Dr. Igor, extremamente cansada. Por isso pedi os comprimidos. Passei a noite em claro, entre o desespero e a aceitação. Podia ter um novo ataque histérico de medo, como aconteceu ontem, mas de que adiantaria? Se ainda tenho 24 horas de vida, e há tantas coisas diante de mim, decidi que era melhor deixar o desespero de lado.

»Por favor, Dr. Igor, deixe-me viver o pouco tempo que me resta – porque nós dois sabemos que amanhã pode ser tarde.

– Vá dormir – insistiu o médico.– E volte aqui ao meio-dia. Tornaremos a conversar.

Veronika viu que não havia saída.

– Vou dormir, e voltarei. Mas ainda temos alguns minutos?

– Alguns poucos minutos. Estou muito ocupado hoje.

– Vou ser directa. Ontem à noite, pela primeira vez, masturbei-me de uma maneira completamente livre. Pensei em tudo o que nunca ousara pensar, tive prazer em coisas que antes me assustavam ou me repugnavam.

O Dr. Igor assumiu a postura mais profissional possível. Não sabia onde esta conversa poderia levar, e não queria problemas com os seus superiores.

– Descobri que sou uma pervertida, doutor. Quero saber se isso contribuiu para que eu tentasse o suicídio. Há muitas coisas que eu desconhecia em mim mesma.

«Bem, é apenas uma resposta», pensou ele. «Não preciso de chamar a enfermeira para testemunhar a conversa, e evitar futuros processos por abuso sexual.»

– Todos nós queremos fazer coisas diferentes – respondeu. – E os nossos parceiros também. O que há de errado?

– Responda o senhor.

– Há tudo de errado. Porque quando todos sonham e só alguns poucos realizam, o mundo inteiro sente-se cobarde.

– Mesmo que esses poucos estejam certos?

– Quem está certo é quem é mais forte. Neste caso, paradoxalmente, os cobardes são mais corajosos, e conseguem impor as suas ideias.

O Dr. Igor não queria ir mais longe.

– Por favor, vá descansar um pouco, porque tenho outros pacientes a atender. Se colaborar, verei o que posso fazer em relação ao seu segundo pedido.

A jovem saiu. A sua próxima paciente era Zed-ka, que deveria ter alta, mas o Dr. Igor pediu que esperasse um pouco; precisava de tomar algumas notas sobre a conversa que acabara de ter.

Era necessário incluir um extenso capítulo sobre sexo na sua dissertação sobre o Vitríolo. Afinal, grande parte das neuroses e psicoses provinham dali – segundo ele, as fantasias são impulsos eléctricos no cérebro, e, uma vez não realizadas, acabam por descarregar a sua energia noutras áreas.

Durante o seu curso de medicina, o Dr. Igor lera um interessante tratado sobre as minorias sexuais: sadismo, masoquismo, homossexualismo, coprofagia, voyeurismo, desejo de dizer palavras sórdidas – enfim, a lista era muito extensa. No início, achava que aquilo era apenas o desvio de algumas pessoas desajustadas, que não conseguiam ter um relacionamento saudável com o seu parceiro.

No entanto, à medida que ia avançando na profissão de psiquiatra – e entrevistando os seus pacientes – dava-se conta que toda a gente tinha algo de diferente para contar. Sentavam-se na confortável poltrona do seu consultório, olhavam para baixo, e começavam uma longa dissertação sobre o que chamavam de «doenças» (como se não fosse ele o médico!) ou «perversões» (como se não fosse ele o psiquiatra encarregado de decidir!).

E, uma a uma, as pessoas «normais» descreviam fantasias que constavam do famoso livro sobre as minorias eróticas – um livro, aliás, que defendia o direito de cada um ter o orgasmo que quisesse, desde que não violentasse o direito do seu parceiro.

Mulheres que tinham estudado em colégios de freiras sonhavam em serem humilhadas; homens de fato e gravata, funcionários públicos de alto escalão, dizendo que gastavam fortunas com prostitutas romenas apenas para que pudessem lamber-lhes os pés. Rapazes apaixonados por rapazes, raparigas enamoradas pelas amigas de colégio. Maridos que queriam ver as suas mulheres possuídas por estranhos, mulheres que se masturbavam cada vez que encontravam uma pista de adultério do seu marido. Mães que precisavam de controlar o impulso de entregar-se ao primeiro homem que tocava à campainha para entregar algo, pais que contavam aventuras secretas com os raríssimos travestis que conseguiam passar o rigoroso controlo da fronteira.

E orgias. Parecia que todos, pelo menos uma vez na vida, desejavam participar de uma orgia.

O Dr. Igor largou por um momento a caneta, e reflectiu sobre si mesmo: ele também? Sim, ele também gostaria. A orgia, tal qual a imaginava, devia ser algo completamente anárquico, alegre, onde o sentimento de posse não existia mais – apenas o prazer e a confusão.

Seria este um dos principais motivos para o grande número de pessoas envenenadas pela Amargura? Casamentos restritos a um monoteísmo forçado, em que o desejo sexual – segundo estudos que o Dr. Igor guardava cuidadosamente na sua biblioteca médica – desaparecia no terceiro ou quarto ano de convivência. A partir dali, a mulher sentia-se rejeitada, o homem sentia-se escravo do casamento – e o Vitríolo, a Amargura, começava a destruir tudo.

As pessoas, diante de um psiquiatra, falavam mais abertamente do que diante de um padre – porque o médico não pode ameaçar com o Inferno. Durante a sua longa carreira de psiquiatra, o Dr. Igor já tinha ouvido praticamente tudo o que elas tinham para contar.

Contar. Raramente *fazer*. Mesmo depois de vários anos de profissão, ele ainda se perguntava porquê tanto medo de ser diferente.

Quando procurava saber a razão, a resposta que mais ouvia era: «O meu marido vai pensar que sou uma prostituta.» Quando era um homem que estava à sua frente, este invariavelmente dizia: «A minha mulher merece respeito.»

E a conversa geralmente parava por aí. Não adiantava dizer que todas as pessoas tinham um perfil sexual diferente, tão distinto como as suas impressões digitais: ninguém queria acreditar nisso. Era muito arriscado ser livre na cama, com medo de que o outro ainda fosse escravo dos seus preconceitos.

«Não vou mudar o mundo», resignou-se, pedindo à enfermeira que mandasse entrar a ex-depressiva. «Mas pelo menos posso dizer o que penso na minha tese.»

Eduard viu que Veronika saía do consultório do Dr. Igor, e se encaminhava para a enfermaria. Teve vontade de contar os seus segredos, abrir--lhe a sua alma, com a mesma honestidade e liberdade com que – na noite anterior – ela lhe abrira o seu corpo.

Tinha sido uma das mais duras provas por que passara – desde que ingressara em Villete como esquizofrénico. Mas conseguira resistir, e estava contente – embora o seu desejo de voltar a este mundo começasse a incomodá-lo.

«Toda a gente aqui sabe que esta rapariga não resistirá até ao fim da semana. Não adiantaria de nada.»

Ou talvez, justamente por isso, fosse bom dividir com ela a sua história. Há três anos que conversava apenas com Mari, e mesmo assim não tinha a certeza de que ela o compreendia perfeitamente; como mãe, ela devia achar que os seus pais tinham razão, que desejavam apenas o melhor para ele, que as Visões do Paraíso eram um sonho idiota de adolescente, totalmente fora do mundo real.

Visões do Paraíso. Exactamente o que o levara ao inferno, às brigas sem fim com a família, à sensação de culpa tão forte, que o deixara incapaz de reagir, e o obrigara a refugiar-se num outro mundo. Se não fosse por Mari, ele ainda estaria a viver nesta realidade separada.

Mas Mari aparecera, cuidara dele, fizera com que se sentisse de novo amado. Graças a isso, Eduard ainda era capaz de saber o que acontecia à sua volta.

Há alguns dias atrás, uma rapariga da sua idade sentara-se ao piano para tocar «Sonata ao Luar». Sem saber se a culpa era da música, ou da jovem, ou da Lua, ou do tempo que já passara em Villete, Eduard sentira que as Visões do Paraíso começavam a incomodá-lo de novo.

Ele seguiu-a até à enfermaria de mulheres, onde foi barrado por um enfermeiro.

– Aqui você não pode entrar, Eduard. Volte para o jardim; está a amanhecer, e vai fazer um dia lindo.

Veronika olhou para trás.

– Vou dormir um pouco – disse-lhe ela, delicadamente. – Conversamos quando eu acordar.

Veronika não entendia porquê, mas aquele rapaz passara a fazer parte do seu mundo – ou do pouco que restara dele. Tinha a certeza de que Eduard era capaz de compreender a sua música, admirar o seu talento; mesmo que não conseguisse dizer uma palavra, os seus olhos diziam tudo.

Como neste momento, à porta da enfermaria, quando falavam de coisas que ela não queria ouvir.

Ternura. Amor.

«Esta convivência com doentes mentais fez-me enlouquecer rapidamente.» Esquizofrénicos não sentem isso – não por seres deste mundo.

Veronika sentiu o impulso de voltar para lhe dar um beijo, mas controlou-se; o enfermeiro podia ver, contar ao Dr. Igor, e o médico na certa não daria permissão para que uma mulher que beija esquizofrénicos saísse de Villete.

Eduard encarou o enfermeiro. A sua atracção por aquela rapariga era mais forte do que imaginava – mas precisava de se controlar, ia aconselhar-se com Mari, a única pessoa com quem dividia os seus segredos. Na certa ela lhe diria que o que estava querendo sentir – amor – era perigoso e inútil num caso como aquele. Mari pediria que Eduard se deixasse de tolices, e voltasse a ser um esquizofrénico normal (e depois daria uma risada gostosa, porque a frase não fazia qualquer sentido).

Juntou-se aos outros internos no refeitório, comeu o que lhe ofereceram, e saiu para o obrigatório passeio no jardim. Durante o «banho de Sol» (naquele dia a temperatura estava abaixo de zero), ele tentou aproximar-se de Mari. Mas ela estava com um jeito de alguém que deseja ficar sozinho. Não precisava de lhe dizer nada, pois Eduard conhecia o suficiente da solidão para saber respeitá-la.

Um novo interno chegou ao pé de Eduard. Ainda não devia conhecer as pessoas.

«Deus puniu a humanidade», dizia. «E puniu com a peste. Mas, eu vi-O nos meus sonhos – Ele pediu que eu viesse salvar a Eslovénia.»

Eduard começou a afastar-se, enquanto o homem gritava:

«Você acha que sou louco? Então leia os Evangelhos!

Deus enviou o seu filho, e o seu filho volta pela segunda vez!»

Mas Eduard já não o ouvia. Olhava as montanhas do lado de fora, e perguntava o que estava a acontecer-lhe. Porque tinha vontade de sair dali, se encontrara finalmente a paz que tanto procurava? Porquê arriscar-se a envergonhar de novo os seus pais, quando todos os problemas da família já estavam resolvidos? Começou a ficar agitado, andando de um lado para o outro, esperando que Mari saísse de seu mutismo e pudessem conversar – mas ela parecia mais distante que nunca.

Sabia como fugir de Villete – por mais severa que a segurança pudesse parecer, tinha muitas falhas. Simplesmente porque, uma vez do lado de dentro, as pessoas tinham muito pouca vontade de voltar para o lado de fora. Havia um muro, do lado oeste, que podia ser escalado sem grandes dificuldades, já que estava cheio de fendas; quem resolvesse ultrapassá-lo, logo estaria num campo, e – cinco minutos depois, seguindo em direcção ao norte – encontraria uma estrada para a Croácia. A guerra já tinha terminado, os irmãos eram de novo irmãos, as fronteiras não eram mais tão vigiadas como antes; com um pouco de sorte, poderia estar em Belgrado em seis horas.

Eduard já estivera várias vezes naquela estrada, mas resolvera sempre voltar, porque ainda não tinha recebido um sinal para ir adiante. Agora as coisas eram diferentes: este sinal finalmente chegara, sob a forma de uma rapariga de olhos verdes, cabelos castanhos, e jeito assustado de quem acredita que sabe o que quer.

Eduard pensou em ir logo para o muro, sair dali, e nunca mais ser visto na Eslovénia. Mas a jovem dormia, ele precisava pelo menos de se despedir dela.

No fim do banho.de Sol, quando a Fraternidade se reuniu na sala de estar, Eduard juntou-se a eles.

– O que está a fazer este louco aqui? – perguntou o mais velho do grupo.

– Deixe-o – disse Mari. – Nós também somos loucos.

Todos riram, e começaram a conversar sobre a palestra do dia anterior. A questão era: será que realmente a meditação sufi podia transformar o mundo? Apareceram teorias, sugestões, modos de usar, ideias contrárias, críticas ao conferencista, maneiras de melhorar o que já havia sido testado por tantos séculos.

Eduard estava farto daquele tipo de discussão. As pessoas trancavam-se num hospício e ficavam a salvar o mundo, sem se preocuparem em correr os riscos – porque sabiam que lá fora todos os chamariam de ridículos, mesmo que tivessem ideias muito concretas. Cada uma daquelas pessoas tinha uma teoria especial sobre tudo, e acreditava que a sua verdade era a única que importava; passavam dias, noites, semanas e anos a conversar, sem jamais aceitarem a única realidade que há por trás de uma ideia: boa ou má, ela só existe quando alguém tenta pô-la em prática.

O que era meditação sufi? O que era Deus? O que era a salvação, se é que o mundo precisava de ser salvo? Nada. Se todos ali – e lá fora – vivessem as suas vidas e deixassem que os outros fizessem o mesmo, Deus estaria em cada instante, em cada grão de mostarda, no pedaço de nuvem que se mostra e se desfaz no momento seguinte. Deus estava ali, e mesmo assim as pessoas acreditavam que era preciso continuar a procurar, porque parecia demasiado simples aceitar que a vida era um acto de fé.

Lembrou-se do exercício tão singelo, tão simples, que ouvira o mestre sufi ensinar, enquanto esperava que Veronika voltasse ao piano: olhar uma rosa. Era preciso mais do que isso?

Mesmo assim, depois da experiência da meditação profunda, depois de terem chegado tão perto das visões do paraíso, ali estavam aquelas pessoas discutindo, argumentando, criticando, estabelecendo teorias.

Cruzou os seus olhos com os de Mari. Ela evitou-o, mas Eduard estava decidido a terminar de vez com aquela situação; aproximou-se dela e segurou-a pelo braço.

– Pare com isso, Eduard.

Ele podia dizer: «Vem comigo». Mas não queria fazê-lo na frente daquela gente, que ficaria surpresa com o tom firme de sua voz. Por isso, preferiu ajoelhar-se e implorar com os seus olhos.

Os homens e mulheres riram.

– Você tornou-se uma santa para ele, Mari – comentou alguém. – Foi a meditação de ontem.

Mas os anos de silêncio de Eduard tinham-no ensinado a falar com os olhos; era capaz de colocar toda a sua energia neles. Da mesma maneira que tinha absoluta certeza de que Veronika percebera a sua ternura e o seu amor, sabia que Mari iria entender o seu desespero, porque ele estava precisar muito dela.

Ela relutou mais um pouco. Finalmente, levantou-o e agarrou-o pela mão.

– Vamos dar um passeio – disse. – Estás nervoso.

Os dois saíram para o jardim. Assim que estavam a uma distância segura, certos de que ninguém assistia à conversa, Eduard quebrou o silêncio.

– Durante anos permaneci aqui em Villete – disse. – Deixei de envergonhar os meus pais, deixei as minhas ambições de lado, mas as Visões do Paraíso permaneceram.

– Sei disso – respondeu Mari. – Já conversámos a esse respeito muitas vezes. E sei também onde queres chegar: é hora de sair.

Eduard olhou o céu; será que ela sentia o mesmo?

– E é por causa da rapariga – continuou Mari.
– Já vimos muita gente morrer aqui dentro, sempre no momento em que não esperavam, e geralmente depois de terem desistido da vida. Mas esta é a primeira vez que isso acontece a uma pessoa jovem, bonita, saudável, com tanta coisa pela frente para viver.

»Veronika é a única que não desejaria continuar em Villete para sempre. E isso fez-nos perguntar: e nós? O que procuramos aqui?

Ele fez um sinal afirmativo com a cabeça.

– Então, ontem à noite, eu também perguntei a mim mesma o que estava a fazer neste sanatório. E achei que seria muito mais interessante estar na praça, nas Três Pontes, no mercado em frente ao teatro – comprando maçãs e discutindo o tempo. Claro que estaria lidando com coisas já esquecidas – como contas a pagar, dificuldades com os vizinhos, olhar irónico de gente que não me compreende, solidão, protestos dos meus filhos. Mas penso que isso tudo faz parte da vida, e o preço por enfrentar estes pequenos problemas é bem menor do que o preço por não reconhecê-los como nossos.

»Estou a pensar ir à casa de meu ex-marido hoje, só para dizer «obrigado». O que achas?

– Nada. Será que devia ir à casa dos meus pais, e dizer o mesmo?

– Talvez. No fundo, a culpa de tudo o que acontece na nossa vida é exclusivamente nossa. Muitas pessoas passaram pelas mesmas dificuldades que nós passámos, e reagiram de maneira diferente. Nós procurámos o mais fácil: uma realidade separada.

Eduard sabia que Mari tinha razão.

– Estou com vontade de recomeçar a viver, Eduard. Cometendo os erros que sempre desejei e nunca tive coragem. Enfrentando o pânico que pode voltar a surgir, mas cuja presença apenas me dará cansaço, porque sei que não vou morrer ou desmaiar por causa dele. Posso arranjar novos amigos, e ensiná-los a ser loucos, para que sejam sábios. Direi que não sigam o manual do bom comportamento, descubram as suas próprias vidas, desejos, aventuras, e VIVAM! Citarei o *Eclesiastes* aos católicos, o *Corão* aos islâmicos, a *Tora* aos judeus, os textos de Aristóteles aos ateus. Nunca mais quero ser advogada, mas posso usar a minha experiência para dar conferências sobre homens e mulheres que conheceram a verdade desta existência, e cujos escritos podem ser resumidos numa única palavra: «Vivam». Se tu viveres, Deus viverá contigo. Se tu te recusares a correr riscos, Ele retornará ao distante Céu, e será apenas um tema de especulação filosófica.

»Toda a gente sabe disso. Mas ninguém dá o primeiro passo. Talvez por medo de ser chamado louco. E, pelo menos, esse medo nós não temos, Eduard. Já passámos por Villete.

– Só não podemos ser candidatos à Presidência da República. A oposição ia explorar muito o nosso passado.

Mari riu e concordou.

– Cansei-me desta vida. Não sei se vou conseguir superar o meu medo, mas estou farta da Fraternidade, deste jardim, de Villete, de fingir que sou louca.

– Se eu o fizer, tu fazes?

– Tu não farás isso.

– Quase fiz, há alguns minutos atrás.

– Não sei. Cansei-me disto tudo, mas já estou acostumada.

– Quando entrei aqui, com diagnóstico de esquizofrenia, tu passaste dias, meses, dando-me atenção e tratando-me como um ser humano. Eu também estava a acostumar-me à vida que decidira levar, com a outra realidade que criei, mas tu não deixaste. Eu odiei-te, e hoje amo-te. Quero que saias de Villete, Mari, como eu saí do meu mundo separado.

Mari afastou-se sem dar resposta.

Na pequena – e nunca frequentada – biblioteca de Villete, Eduard não achou o *Corão*, nem Aristóteles, nem os outros filósofos a que Mari se referira. Mas ali estava o texto de um poeta:

«Por isso disse a mim mesmo: a sorte do
insensato será também a minha.
Vai, come o teu pão com alegria,
e bebe gostosamente o teu vinho
porque Deus já aceitou as tuas obras.
Que as tuas vestes sejam brancas todo o tempo,
e nunca falte perfume na tua cabeça.

Desfruta a vida com a mulher amada
em todos os teus dias de vaidade que Deus
te concedeu debaixo do Sol.
Porque esta é a tua porção na vida e no
trabalho em que te afadigas debaixo do Sol.
Segue os caminhos do teu coração
e o desejo dos teus olhos,
sabendo que Deus te pedirá contas.»

– Deus pedirá contas no final – disse Eduard em voz alta – E eu direi: Por algum tempo da minha vida fiquei a olhar o vento, esqueci-me de semear, não desfrutei dos meus dias, nem sequer bebi o vinho que me era oferecido. Mas um dia julguei-me pronto, e voltei ao meu trabalho. Contei aos homens as minhas Visões do Paraíso, como Bosch, Van Gogh, Wagner, Beethoven, Einstein, e outros loucos fizeram antes de mim. Bom, Ele dirá que eu saí do hospício para não ver uma menina a morrer, mas ela estará lá no céu, e intercederá por mim.

– O que está a dizer? – interrompeu o encarregado da biblioteca.

– Quero sair de Villete agora – respondeu Eduard, num tom de voz mais alto do que o normal. – Tenho que fazer.

O empregado tocou uma campainha, e em pouco tempo dois enfermeiros apareceram.

– Quero sair – repetiu Eduard, agitado. – Estou bem, deixe-me falar com o Dr. Igor.

Mas os dois homens já o tinham agarrado, um por cada braço. Eduard tentava soltar-se dos braços dos enfermeiros, mesmo sabendo que era inútil.

– Você está tendo uma crise, fique tranquilo – disse um deles. – Vamos tratar disso.

Eduard começou a debater-se.

– Deixem-me falar com o Dr. Igor. Preciso muito de falar com ele, tenho a certeza de que vai entender!

Os homens já o arrastavam para a enfermaria.

– Soltem-me! – gritava. – Deixem-me falar pelo menos um minuto!

O caminho para a enfermaria passava pelo meio da sala de estar, e todos os outros internos estavam ali reunidos. Eduard debatia-se, e o ambiente começou a ficar agitado.

– Deixe-o livre! Ele é louco!

Alguns riam, outros batiam com as mãos nas mesas e cadeiras.

– Isto é um hospício! Ninguém é obrigado a comportar-se como vocês!

Um dos homens sussurrou para o outro:

– Precisamos de assustá-los, ou daqui a pouco a situação será incontrolável.

– Só há um jeito.

– O Dr. Igor não vai gostar.

– Será pior ver este bando de maníacos a partir o seu sanatório adorado.

Veronika acordou sobressaltada, suando frio. O barulho lá fora era grande, e ela precisava de silêncio para continuar a dormir. Mas a barulheira continuava.

Levantou-se meio tonta, e caminhou até à sala de estar, a tempo de ver Eduard sendo arrastado, enquanto outros enfermeiros chegavam à pressa com seringas preparadas.

– O que estão a fazer? – gritou.

– Veronika!

O esquizofrénico tinha falado com ela! Tinha dito o seu nome! Numa mistura de vergonha e surpresa, tentou aproximar-se, mas um dos enfermeiros impediu-a.

– O que é isso? Eu não estou aqui porque sou louca! Vocês não podem tratar-me assim!

Conseguiu empurrar o enfermeiro, enquanto os outros internos gritavam e faziam uma algazarra que a deixou com medo. Será que devia procurar o Dr. Igor, e ir embora imediatamente?

– Veronika!

Ele dissera de novo o seu nome. Num esforço sobre-humano, Eduard conseguiu livrar-se dos dois homens. Ao invés de fugir, ficou de pé, imóvel, da mesma maneira que ficara na noite anterior. Como num passe de mágica, todo o mundo parou, esperando o próximo movimento.

Um dos enfermeiros tornou a aproximar-se, mas Eduard olhou-o, usando de novo toda a sua energia.

– Vou convosco. Já sei para onde me levam, e sei também que desejam que todos saibam. Esperem apenas um minuto.

O enfermeiro decidiu que valia a pena correr o risco; afinal de contas, tudo parecia ter voltado ao normal.

– Eu acho que tu... eu acho que tu és importante para mim – disse Eduard a Veronika.

– Tu não podes falar. Tu não vives neste mundo, não sabes que eu me chamo Veronika. Tu não
estiveste comigo ontem à noite, por favor, diz que
não estiveste!

– Estive.

Ela agarrou na sua mão. Os loucos gritavam,
aplaudiam, diziam coisas obscenas.

– Para onde te levam?

– Para um tratamento.

– Eu vou contigo.

– Não vale a pena. Vais ficar assustada, mesmo que eu te garanta que não dói, não se sente
nada. E é muito melhor que os calmantes, porque a lucidez volta mais depressa.

Veronika não sabia do que estava ele a falar.
Arrependera-se de ter segurado a sua mão, queria ir-se embora o mais depressa possível, esconder a sua vergonha, nunca mais ver aquele
homem que presenciara o que havia de mais
sórdido nela – e mesmo assim continuava a tra-
tá-la com ternura.

Mas, de novo, lembrou-se das palavras de Mari: não precisava de dar explicações da sua vida
a ninguém, nem mesmo ao rapaz à sua frente.

– Eu vou contigo.

Os enfermeiros acharam que talvez fosse melhor assim: o esquizofrénico já não precisava de
ser dominado, ia por vontade própria.

Quando chegaram ao dormitório, Eduard deitou-se voluntariamente na cama. Já havia mais dois homens à espera, com uma estranha máquina e uma bolsa com tiras de pano.

Eduard virou-se para Veronika, e pediu-lhe que se sentasse na cama ao lado.

– Dentro de alguns minutos, a história vai correr por Villete inteira. E as pessoas ficarão calmas, porque mesmo a mais furiosa das loucuras carrega a sua dose de medo. Só quem já passou por isso, é que sabe que não é tão terrível assim.

Os enfermeiros ouviram a conversa, e não acreditaram no que o esquizofrénico dizia. Devia doer muito – mas ninguém pode saber o que se passa na cabeça de um louco. A única coisa que o rapaz dissera de sensato era sobre o medo: a história correria por Villete, e a calma voltaria rapidamente.

– Você deitou-se antes da hora – disse um deles.

Eduard levantou-se, e eles estenderam uma espécie de cobertor de borracha. «Agora sim, pode deitar-se.»

Ele obedeceu. Estava tranquilo, como se tudo aquilo não passasse de rotina.

Os enfermeiros amarraram algumas tiras de pano em torno do corpo de Eduard, e colocaram uma borracha na sua boca.

– É para que ele não morda involuntariamente a língua – disse um dos homens a Veronika, contente por dar uma informação técnica juntamente com uma advertência.

Colocaram a estranha máquina – não muito maior que uma caixa de sapatos, com alguns botões e três visores com ponteiros – numa cadeira ao lado da cama. Dois fios saíam da sua parte superior, e terminavam em algo parecido com auscultadores de ouvido.

Um dos enfermeiros colocou os auscultadores nas têmporas de Eduard. O outro pareceu regular o mecanismo, torcendo alguns botões, ora para a direita, ora para a esquerda. Embora não podendo falar por causa da borracha na boca, Eduard mantinha os seus olhos nos dela, e parecia dizer: «Não te preocupes, não te assustes.»

– Está regulado para 130 volts em 0.3 segundos – disse o enfermeiro que cuidava da máquina. – Lá vai.

Ele apertou um botão, e a máquina emitiu um zumbido. Nesse mesmo momento, os olhos de Eduard ficaram vidrados, o seu corpo retorceu-se na cama com tal fúria que – se não fosse pelas tiras de pano amarradas – teria partido a coluna.

– Parem com isso! – gritou Veronika.

– Já parámos – respondeu o enfermeiro, retirando os auscultadores da cabeça de Eduard. Mesmo assim, o corpo continuava a contorcer-se, a cabeça balançando de um lado para o outro, com tal violência que um dos homens resolveu agarrá-la. O outro guardou a máquina numa sacola, e sentou-se para fumar um cigarro.

A cena durou alguns minutos. O corpo parecia voltar ao normal, e logo recomeçavam os espasmos – enquanto um dos enfermeiros redobrava a sua força para manter segura a cabeça de Eduard. Aos poucos, as contracções foram diminuindo, até que cessaram por completo. Eduard mantinha os olhos abertos, e um dos homens fechou-os, como se faz aos mortos.

Depois tirou a borracha da boca do rapaz, desamarrou-o, e guardou as tiras de pano na sacola onde estava a máquina.

– O efeito do electrochoque dura uma hora – disse à rapariga, que já não gritava mais, e parecia hipnotizada pelo que estava a ver. – Está tudo bem, ele logo voltará ao normal, e estará mais calmo.

Assim que a descarga eléctrica o atingiu, Eduard sentiu o que já experimentara antes: a visão normal ia diminuindo, como se alguém fechasse uma cortina – até que tudo desaparecia por completo. Não havia qualquer dor ou sofrimento – mas já vira outros loucos ser tratados por electrochoque, e sabia o quanto a cena parecia horrível.

Eduard agora estava em paz. Se, momentos antes, reconhecia algum tipo de sentimento novo no seu coração, se começava a perceber que o amor não era apenas aquilo que os seus pais lhe davam, o electrochoque – ou Terapia Electroconvulsiva (TEC) como os especialistas preferiam dizer – com certeza iria fazê-lo voltar ao normal.

O principal efeito do TEC era o esquecimento das memórias recentes. Eduard não podia alimentar sonhos impossíveis. Não podia ficar a olhar para um futuro que não existia; os seus pensamentos deviam permanecer voltados para o passado, ou ia acabar por querer voltar novamente à vida.

Uma hora mais tarde, Zedka entrou na enfermaria quase deserta – excepto por uma cama, onde um rapaz estava deitado. E por uma cadeira, onde uma rapariga estava sentada.

Quando chegou ao pé, viu que a jovem tinha vomitado de novo, e a sua cabeça estava baixa, pendendo para a direita.

Zedka virou-se para chamar por socorro, mas Veronika levantou a cabeça.

– Não é nada – disse. – Tive outro ataque, mas já passou.

Zedka agarrou-a carinhosamente, e levou-a até à casa de banho.

– É uma casa de banho de homens – disse a jovem.

– Não há ninguém aqui, não te preocupes.

Despiu a camisola imunda, lavou-a, e colocou-a em cima do radiador do aquecimento. Depois, tirou a sua própria camisola de lã, e vestiu-a a Veronika.

– Fica com ela. Vim aqui para me despedir.

A jovem parecia distante, como se nada a interessasse mais. Zedka conduziu-a de volta à cadeira onde ela estava sentada.

– Eduard vai acordar daqui a pouco. Talvez lhe custe lembrar-se do que aconteceu, mas a memória voltará depressa. Não fiques assustada se ele não te reconhecer nos primeiros instantes.

– Não ficarei – respondeu Veronika. – Porque tão-pouco me reconheço a mim mesma.

Zedka puxou uma cadeira, e sentou-se ao lado dela. Ficara em Villete tanto tempo, que não lhe custava ficar mais alguns minutos com aquela rapariga.

– Lembras-te do nosso primeiro encontro? Naquele dia eu contei-te uma história, para tentar explicar que o mundo é exactamente da maneira que o vemos. Todos achavam o rei louco, porque ele queria impor uma ordem que já não existia na mente dos seus súbditos.

»Entretanto, há coisas na vida que, não importa de que lado as observemos, continuam sempre as mesmas – e valem para toda a gente. Como o amor, por exemplo.

Zedka notou que os olhos de Veronika tinham mudado. Resolveu continuar.

– Eu diria que, se alguém tem muito pouco tempo de vida, e resolve passar esse pouco tempo que lhe resta diante de uma cama, olhando um homem dormindo, há algo de amor. Diria mais: se durante esse tempo, essa pessoa teve um ataque cardíaco, e ficou em silêncio – só para não ter que sair de perto daquele homem – é porque esse amor pode crescer muito.

– Pode ser também desespero – disse Veronika. – Uma tentativa de provar que, afinal de contas, não há motivos para se continuar a lutar debaixo do Sol. Não posso estar apaixonada por um homem que vive noutro mundo.

– Todos nós vivemos no nosso próprio mundo. Mas se tu olhares para o céu estrelado, verás que todos esses mundos diferentes se combinam, formando constelações, sistemas solares, galáxias.

Veronika levantou-se e foi até à cabeceira de Eduard. Carinhosamente, passou as mãos nos seus cabelos. Estava contente por ter alguém com quem conversar.

– Há muitos anos atrás, quando eu era uma criança e a minha mãe me obrigava a aprender piano, eu dizia a mim mesma que só seria capaz de tocá-lo bem quando estivesse apaixonada. Ontem à noite, pela primeira vez na minha vida, senti que as notas saíam dos meus dedos como se eu não tivesse controlo algum sobre o que fazia.

»Uma força guiava-me, construía melodias e acordes que nunca pensei ser capaz de tocar. Eu entregara-me ao piano porque tinha acabado de me entregar a este homem, sem que ele tivesse tocado num fio sequer do meu cabelo. Ontem, eu não fui eu mesma, nem quando me entreguei ao sexo, nem quando toquei piano. Mesmo assim, acho que fui eu mesma.

Veronika balançou a cabeça.

– Nada do que estou a dizer faz sentido.

Zedka lembrou-se dos seus encontros no espaço, com todos aqueles seres que flutuavam em dimensões diferentes. Quis contar a Veronika, mas ficou com medo de confundi-la mais ainda.

– Antes que repitas que vais morrer, quero dizer algo: há gente que passa a vida inteira procurando um momento como o que tu tiveste ontem à noite, e não consegue. Por isso, se tiveres que morrer agora, morre com o coração cheio de amor.

Zedka levantou-se.

– Não tens nada a perder. Muita gente não se permite amar justamente por causa disso – porque há muita coisa, muito futuro e passado em jogo. No teu caso, existe apenas o presente.

Ela aproximou-se, e deu um beijo a Veronika.

– Se eu ficar aqui por mais tempo, vou acabar por desistir de me ir embora. Estou curada da minha depressão, mas descobri, aqui dentro, outros tipos de loucura. Quero levá-los comigo, e começar a ver a vida com meus próprios olhos.

»Quando entrei, era uma mulher deprimida. Hoje, sou uma mulher louca, e tenho muito orgulho disso. Lá fora, comportar-me-ei exactamente como os outros. Farei as compras no supermercado, conversarei de trivialidades com as minhas amigas, perderei tempo importante diante da televisão. Mas sei que a minha alma está livre, e eu posso sonhar e conversar com outros mundos que, antes de entrar aqui, nem sonhava que existiam.

»Vou permitir-me fazer algumas loucuras, só para que as pessoas digam: ela saiu de Villete!

Mas sei que a minha alma estará completa, porque a minha vida tem um sentido. Poderei olhar um pôr do Sol e acreditar que Deus está por trás dele. Quando alguém me aborrecer muito, eu direi alguma barbaridade, e não me vou incomodar com o que pensam, já que todos dirão: ela saiu de Villete!

»Vou olhar os homens na rua, dentro dos seus olhos, sem vergonha de me sentir desejada. Mas, logo depois, passarei numa loja de produtos importados, comprarei os melhores vinhos que o meu dinheiro puder comprar, e farei o meu marido beber comigo, porque quero rir com ele – a quem tanto amo.

»Ele dir-me-á, rindo: estás louca! E eu responderei: claro, estive em Villete! E a loucura libertou-me. Agora, meu adorado marido, tens que pedir férias todos os anos, e levar-me a conhecer algumas montanhas perigosas, porque preciso de correr o risco de estar viva.

»As pessoas vão dizer: ela saiu de Villete, e está a enlouquecer o marido! E ele entenderá que as pessoas têm razão, e dará graças a Deus porque o nosso casamento está a começar agora, e nós somos loucos – como são loucos os que inventaram o amor.

Zedka saiu, cantarolando uma música que Veronika nunca tinha ouvido.

O dia estava a ser exaustivo, mas recompensador. O Dr. Igor procurava manter a fleuma e a indiferença de um cientista, mas quase não conseguia controlar o seu entusiasmo: os testes para a cura do envenenamento por Vitríolo estavam a dar resultados surpreendentes!

– Você não tem hora marcada hoje – disse a Mari, que tinha entrado sem bater à porta.

– Não vou demorar muito. Na verdade, gostaria de pedir apenas uma opinião.

«Hoje, todos querem apenas uma opinião», pensou o Dr. Igor, lembrando-se da rapariga e da sua pergunta sobre sexo.

– Eduard acaba de receber um choque eléctrico.

– Terapia Electroconvulsiva; por favor use o nome correcto, ou vai parecer que somos um grupo de bárbaros. – O Dr. Igor conseguira disfarçar a supresa, mas depois iria apurar quem tinha decidido aquilo. – E se quer a minha opinião sobre o assunto, devo esclarecer que a TEC não é aplicada hoje como era antigamente.

– Mas é perigoso.

– Era muito perigoso; não sabiam a voltagem exacta, o local certo onde colocar os eléctrodos, e muita gente morreu de derrame cerebral durante o tratamento. Mas as coisas mudaram: hoje em dia, a TEC volta a ser utilizada com muito mais precisão técnica, e tem a vantagem de provocar uma amnésia rápida, evitando a intoxicação química por uso prolongado de medicamentos. Leia algumas revistas psiquiátricas, por favor, e não confunda a TEC com os choques eléctricos dos torturadores sul-americanos.

«Pronto. A opinião pedida está dada. Agora tenho que voltar ao trabalho.»

Mari não se mexeu.

– Não foi isso que vim perguntar. Na verdade, o que quero saber é se posso sair daqui.

– Você sai quando quer, e volta porque assim deseja – e porque o seu marido ainda tem dinheiro para mantê-la num lugar caro como este. Talvez você devesse perguntar-me: estou curada? E a minha resposta é outra pergunta: curada de quê?

»Você dirá: curada do meu medo, da Síndrome de Pânico. E eu responderei: bem, Mari, há três anos que já não sofre disso.

– Então estou curada.

– Claro que não. A sua doença não é essa. Na tese que estou a escrever para apresentar à Academia de Ciências da Eslovénia (O Dr. Igor não queria entrar em pormenores sobre o Vitríolo), procuro estudar o comportamento humano dito «normal». Muitos médicos antes de mim já fizeram este estudo, chegando à conclusão que a normalidade é apenas uma questão de consenso; ou seja, se muita gente pensa que uma coisa está certa, essa coisa passa a estar certa.

»Existem coisas que são governadas pelo bom-senso humano: pôr os botões na frente da camisa é uma questão lógica, já que seria muito difícil abotoá-los de lado, e impossível abotoá-los se estivessem nas costas.

»Outras coisas, porém, vão-se impondo porque cada vez mais gente acredita que elas têm que ser assim. Vou dar-lhe dois exemplos: já se perguntou a si mesma porque razão as letras do teclado de uma máquina de escrever são colocadas naquela ordem?

– Nunca me perguntei isso.

– Chamemos este teclado de QWERTY, já que as letras da primeira linha estão dispostas assim. Eu perguntei a mim mesmo o porquê disso, e encontrei a resposta: a primeira máquina foi inventada por Christopher Scholes, em 1873, para melhorar a caligrafia. Mas ela apresentava um problema: se a pessoa digitava com muita velocidade, os tipos chocavam entre si e travavam a máquina. Então Scholes desenhou o teclado QWERTY, *um teclado que obrigava os datilógrafos a andarem devagar.*

– Não acredito.

– Mas é verdade. Acontece que a Remington – na época, fabricante de máquinas de costura – usou o teclado QWERTY para as suas primeiras máquinas de escrever. O que significa que mais pessoas foram obrigadas a aprender este sistema, e

mais companhias passaram a fabricar estes te-
clados, até que ele se tornou o único padrão
existente. Repetindo: o teclado das máquinas, e
dos computadores, foi desenhado para que se
digitasse mais lentamente, e não mais depressa,
entendeu? Vá tentar trocar as letras de lugar, e
não encontrará um comprador para o seu produto.

Quando vira um teclado pela primeira vez,
Mari perguntara-se porque não estava em ordem
alfabética. Mas nunca mais repetira a pergunta – acreditava que aquele era o melhor desenho para que as pessoas datilografassem veloz-
mente.

– Você conhece Florença? – perguntou o Dr.
Igor.

– Não.

– Devia conhecer, não está muito longe, e ali está o meu segundo exemplo. Na Catedral de Florença, há um relógio belíssimo, desenhado por
Paolo Uccello em 1443. Acontece que esse relógio
tem uma curiosidade: embora marque as horas –
como todos os outros – os ponteiros andam em
sentido contrário ao que estamos acostumados.

– O que tem isso a ver com minha doença?

– Eu vou chegar lá. Paolo Uccello, ao criar este
relógio, não estava a tentar ser original: na verdade, naquela altura havia alguns relógios assim,
e outros com os ponteiros a andar no sentido que
hoje conhecemos. Por alguma razão desconhe-
cida, talvez porque o Duque tivesse um relógio
com os ponteiros a andar no sentido que hoje co-

nhecemos como «certo», este acabou por se impor como o único sentido – e o relógio de Uccello passou a ser uma aberração, uma loucura.

O Dr. Igor fez uma pausa. Mas sabia que Mari estava a acompanhar o seu raciocínio.

– Então, vamos à sua doença: cada ser humano é único, com as suas próprias qualidades, instintos, formas de prazer, busca da aventura. Mas a sociedade acaba por impor uma maneira colectiva de agir – e as pessoas não param para se perguntar porque têm que se comportar assim. Apenas aceitam, como os datilógrafos aceitaram o facto de que o QWERTY era o melhor teclado possível. Você conheceu alguém, em toda a sua vida, que tenha perguntado porque os ponteiros de relógio andam numa direcção, e não em sentido contrário?

– Não.

– Se alguém perguntasse, provavelmente iria ouvir: você está louco! Se insistisse na pergunta, as pessoas tentariam achar uma razão, mas logo mudariam de assunto – porque não há qualquer razão além da que expliquei.

»Então eu volto à sua pergunta. Repita-a.

– Estou curada?

– Não. Você é uma pessoa diferente, querendo ser igual. E isto, no meu ponto de vista, é considerado uma doença grave.

– É grave ser diferente?

– É grave forçar-se a ser igual: provoca neuroses, psicoses, paranóias. É grave querer ser igual, porque isso é forçar a natureza, é ir contra as leis de Deus – que, em todos os bosques e florestas do mundo, não criou uma só folha igual a outra. Mas você acha uma loucura ser diferente, e por isso escolheu Villete para viver. Porque, aqui, como todos são diferentes, você passa a ser igual a toda a gente. Entendeu?

Mari fez que «sim» com a cabeça.

– Por não terem coragem de ser diferentes, as pessoas vão contra a natureza, e o organismo começa a produzir o Vitríolo – ou Amargura, como é vulgarmente conhecido este veneno.

– O que é o Vitríolo?

O Dr. Igor percebeu que se tinha empolgado muito, e resolveu mudar de assunto.

– Não tem importância o que é o Vitríolo. O que quero dizer é o seguinte: tudo indica que você não está curada.

Mari tinha anos de experiência nos tribunais, e resolveu colocá-los em prática ali mesmo. A primeira táctica era fingir que estava de acordo com o oponente, para logo em seguida enredá-lo num outro raciocínio.

– Concordo com o senhor. Eu vim aqui por um motivo muito concreto – a Síndrome do Pânico – e terminei ficando por um motivo muito abstracto: incapacidade de encarar uma vida diferente, sem emprego e sem marido. Concordo com o senhor: eu tinha perdido a vontade de começar uma vida nova, à qual precisava de me acostumar de novo. E vou mais longe: concordo que num hospício, mesmo com os electrochoques – perdão, TEC, como o senhor prefere –, os horários, os ataques de histeria de alguns internos, as regras são mais fáceis de aturar do que as leis de um mundo que, como o senhor diz, *faz tudo para ser igual.*

»Acontece que, ontem à noite, eu ouvi uma mulher tocar piano. Ela tocou magistralmente, como raramente ouvi. Enquanto ouvia as músicas, pensava em todos os que sofreram para compor aquelas sonatas, prelúdios, adágios: no ridículo que passaram quando foram mostrar as suas peças – diferentes – aos que mandavam no mundo da música. Na dificuldade e na humilhação de conseguir alguém que financiasse uma orquestra. Nas vaias que podem ter recebido de um público que ainda não estava acostumado a tais harmonias.

»Pior que tudo isso, eu pensava: não apenas os compositores sofreram, mas esta rapariga que os está a tocar com tanta alma, porque sabe que vai morrer. E eu, não vou morrer também? Onde deixei a minha alma, para poder tocar a música da minha vida com o mesmo entusiasmo?

O Dr. Igor ouvia em silêncio. Parece que tudo o que tinha pensado estava a dar resultado, mas ainda era cedo para ter a certeza.

– Onde deixei a minha alma? – perguntou de novo Mari. – No meu passado. Naquilo que eu queria que fosse a minha vida. Deixei a minha alma presa naquele momento onde havia uma casa, um marido, um emprego do qual eu queria livrar-me, mas nunca tinha coragem.

»A minha alma estava no meu passado. Mas hoje ela chegou até aqui, e eu sinto-a de novo no meu corpo, cheia de entusiasmo. Não sei o que fazer; sei apenas que demorei três anos para entender que a vida me empurrava para um caminho diferente, e eu não queria ir.

– Acho que noto alguns sintomas de melhora – disse o Dr. Igor.

– Eu não precisava de pedir para deixar Villete. Bastava cruzar o portão, e nunca mais voltar. Mas precisava de dizer tudo isto a alguém, e estou a dizê-lo ao senhor: a morte desta menina fez-me entender a minha vida.

– Penso que estes sintomas de melhora se estão a transformar numa cura milagrosa – riu o Dr. Igor. – O que pretende fazer?

– Ir para El Salvador, cuidar das crianças.

– Não precisa de ir tão longe: a menos de 200 quilómetros daqui, está Sarajevo. A guerra terminou, mas os problemas continuam.

– Irei para Sarajevo.

O Dr. Igor tirou um formulário da gaveta, preencheu-o cuidadosamente. Depois levantou--se, e conduziu Mari até à porta.

– Vá com Deus – disse ele, voltando para o consultório e fechando logo a porta. Não gostava de se afeiçoar aos seus pacientes, mas nunca conseguia evitar. Mari ia fazer falta em Villete.

Quando Eduard abriu os olhos, a jovem ainda estava ali. Nas suas primeiras sessões de electrochoque, passava muito tempo a tentar lembrar-se do que acontecera – afinal, esse era justamente o efeito terapêutico daquele tratamento: provocar uma amnésia parcial, de modo que o doente esquecesse o problema que o afligia, permitindo que ficasse mais calmo.

No entanto, à medida que os electrochoques eram aplicados com mais frequência, os seus efeitos não se faziam sentir por muito tempo; ele identificou logo a rapariga.

– Falaste das Visões do Paraíso enquanto dormias – disse ela, passando a mão pelos seus cabelos.

Visões do Paraíso? Sim, Visões do Paraíso. Eduard olhou para ela. Queria contar tudo.

Nesse momento, porém, uma enfermeira entrou, com uma injecção.

– Você tem que tomar agora – disse a Veronika. – Ordens do Dr. Igor.

– Já tomei hoje, não vou tomar nada – respondeu ela. – Tão-pouco me interessa sair deste lugar. Não vou obedecer a nenhuma ordem, nenhuma regra, nada que quiserem forçar-me a fazer.

A enfermeira parecia acostumada a este tipo de reacção.

– Então, infelizmente, teremos que drogá-la.

– Eu preciso de falar contigo – disse Eduard. – Toma a injecção.

Veronika levantou as mangas da camisola, e a enfermeira aplicou a droga.

– Boa menina – disse. – Porque não saem desta enfermaria lúgubre, e vão passear um pouco lá fora?

– Estás envergonhada pelo que aconteceu ontem à noite – disse Eduard, enquanto caminhavam pelo jardim.

– Já estive. Agora estou orgulhosa. Quero saber das Visões do Paraíso, porque estive muito próxima de uma delas.

– Preciso de olhar mais longe, para além dos prédios de Villete – disse.

– Faz isso.

Eduard olhou para trás, não para as paredes das enfermarias, ou para o jardim onde os internos caminhavam em silêncio – mas para uma rua num outro continente, numa terra onde chovia muito ou não chovia nada.

Eduard podia sentir o cheiro daquela terra – era o tempo da seca, e a poeira entrava pelo seu nariz e dava-lhe prazer, porque sentir a terra é sentir-se vivo. Pedalava uma bicicleta importada, tinha 17 anos, e acabara de sair do colégio americano de Brasília, onde todos os outros filhos de diplomatas estudavam.

Detestava Brasília, mas amava os brasileiros. O seu pai tinha sido nomeado embaixador da Jugoslávia dois anos antes, numa época em que nem sequer sonhavam com a sangrenta divisão do país. Milosevic ainda estava no poder; homens e mulheres viviam com as suas diferenças, e procuravam harmonizar-se para além dos conflitos regionais.

O primeiro posto do seu pai fora exactamente no Brasil. Eduard sonhava com praias, carnaval, partidas de futebol, música – mas fora parar àquela capital, longe da costa, criada apenas para abrigar políticos, burocratas, diplomatas, e os filhos de todos eles, que não sabiam ao certo o que fazer no meio disso tudo.

Eduard detestava viver ali. Passava o dia en-
furnado nos estudos, tentando – mas não con-
seguindo – relacionar-se com os colegas de clas-
se. Procurando – mas não encontrando – uma
maneira de se interessar por carros, ténis da
moda, roupas de marca, únicos temas de conversa entre os jovens.

Uma vez por outra havia uma festa, onde os
rapazes ficavam bêbados de um lado do salão, e
as raparigas fingiam indiferença do outro lado. A
droga corria sempre, e Eduard já experimentara
praticamente todas as variedades possíveis, sem
jamais conseguir interessar-se por nenhuma delas; ficava agitado ou sonolento de mais, e perdia o interesse pelo que estava a acontecer à sua
volta.

A sua família vivia preocupada. Era necessário prepará-lo para seguir a mesma carreira do
pai, e embora Eduard tivesse quase todos os ta-
lentos necessários – vontade de estudar, bom gosto artístico, facilidade em aprender línguas, interesse por política – faltava-lhe uma qualidade
básica na diplomacia. Tinha dificuldades no contacto com os outros.

Por mais que os seus pais o levassem a festas,
abrissem a casa para os seus amigos do colégio
americano, e mantivessem uma boa mesada, eram
raras as vezes que Eduard aparecia com alguém.
Um dia, a sua mãe perguntou-lhe porque não
trazia os seus amigos para almoçar ou jantar.

– Já sei todas as marcas de ténis, já conheço
o nome de todas as meninas com quem é fácil

fazer amor. Não temos mais nada de interessante para conversar.

Até que apareceu a brasileira. O embaixador e a sua mulher ficaram mais tranquilos quando o filho começou a sair, voltando tarde para casa. Ninguém sabia exactamente como ela tinha surgido, mas certa noite Eduard levou-a para jantar em casa. A menina era educada, e eles ficaram contentes; o garoto finalmente ia desenvolver o seu talento na relação com estranhos. Além disso, ambos pensaram – mas não comentaram entre si – que a presença daquela garota tirava uma grande preocupação dos seus ombros: Eduard não era homossexual!

Trataram Maria (era este o seu nome) com a gentileza de futuros sogros, mesmo sabendo que em dois anos seriam transferidos para outro posto, e não tinham a menor intenção que o seu filho casasse com alguém de um país tão exótico. Tinham planos para que o seu filho encontrasse uma rapariga de boas famílias em França, ou na Alemanha, que pudesse acompanhar com dignidade a brilhante carreira diplomática que o embaixador estava a preparar para ele.

Eduard, porém, mostrava-se cada vez mais apaixonado. Preocupada, a mãe foi conversar com o marido.

– A arte da diplomacia consiste em fazer o oponente esperar – disse o embaixador. – Um primeiro amor pode não passar nunca, mas acaba sempre.

Mas Eduard dava sinais de ter mudado por completo. Começou a aparecer em casa com livros estranhos, montou uma pirâmide no seu quarto, e – com Maria – acendia incenso todas as noites, ficando horas concentrado num estranho desenho pregado na parede. O rendimento de Eduard na escola americana começou a cair.

A mãe não entendia português, mas podia ver a capa dos livros: cruzes, fogueiras, bruxas penduradas, símbolos exóticos.

– O nosso filho anda a ler coisas perigosas.

– Perigoso é o que está a acontecer nos Balcãs – respondeu o embaixador. – Há rumores de que a região da Eslovénia quer a independência, e isso pode levar-nos a uma guerra.

A mãe, porém, não dava a menor importância à política; queria saber o que estava a acontecer com o seu filho.

– E esta mania de acender incenso?

– É para disfarçar o cheiro de marijuana – dizia o embaixador. – O nosso filho teve uma excelente educação, não deve acreditar que estes palitos perfumados possam atrair espíritos.

– O meu filho está metido em drogas!

– Isso passa. Eu também já fumei marijuana quando era jovem, e a gente depressa enjoa, como eu enjoei.

A mulher ficou orgulhosa e tranquila: o marido era um homem experiente, tinha entrado no mundo da droga e conseguido sair! Um homem com esta força de vontade era capaz de controlar qualquer situação.

Um belo dia, Eduard pediu uma bicicleta.

– Você tem um motorista e um Mercedes Benz. Para que quer uma bicicleta?

– Para o contacto com a natureza. A Maria e eu vamos fazer uma viagem de dez dias – disse. – Há um lugar aqui perto com imensos depósitos de cristal, e a Maria garante que eles transmitem boa energia.

A mãe e o pai tinham sido educados no regime comunista: os cristais eram apenas um produto mineral, que obedecia a determinada organização de átomos, e não emanavam nenhum tipo de energia – fosse ela positiva ou negativa. Pesquisaram, e descobriram que aquelas ideias de «vibrações de cristais» começavam a ficar em moda.

Se o seu filho resolvesse falar sobre o tema numa festa oficial, poderia parecer ridículo aos olhos dos outros: pela primeira vez, o embaixador reconheceu que a situação estava a ficar grave. Brasília era uma cidade que vivia de rumores, e logo saberiam que Eduard estava envolvido em superstições primitivas, os seus rivais na embaixada poderiam pensar que ele tinha aprendido aquilo com os pais, e a diplomacia – além de ser a arte de esperar – era também a capacidade de manter sempre, em qualquer circunstância, uma aparência convencional e protocolar.

– Meu filho, isto não pode continuar assim – disse o pai. – Tenho amigos no Ministério de Relações Exteriores da Jugoslávia. Você será um brilhante diplomata, e é preciso aprender a encarar o mundo.

Eduard saiu de casa e não voltou naquela noite. Os pais ligaram para a casa de Maria, para os necrotérios e hospitais da cidade – sem nenhuma notícia. A mãe perdeu a confiança na capacidade do marido lidar com a família, embora fosse um excelente negociador com estranhos.

No dia seguinte Eduard apareceu, esfomeado e sonolento. Comeu e foi para o quarto, acendeu os seus incensos, rezou os seus mantras, dormiu o resto da tarde e da noite. Quando acordou, uma bicicleta novinha em folha esperava-o.

– Vá ver os seus cristais – disse a mãe. – Eu explico ao seu pai.

E assim, naquela tarde de seca e poeira, Eduard dirigia-se alegremente para a casa de Maria. A cidade era tão bem desenhada (na opinião dos arquitectos) ou tão mal desenhada (na opinião de Eduard) que quase não havia esquinas. Ele seguia pela direita, numa pista de alta velocidade, olhando o céu cheio de nuvens que não dão chuva, quando sentiu que subia em direcção a esse céu, a uma velocidade imensa – para logo a seguir descer e encontrar-se no asfalto.

PRAC!

«Sofri um acidente.»

Quis virar-se, porque o seu rosto estava encostado ao asfalto, mas viu que não tinha mais controlo sobre o seu corpo. Ouviu o barulho de carros a travar, gente que gritava, alguém que se aproximou e tentou tocar-lhe – para logo ouvir um grito de «Não lhe mexa! Se alguém lhe tocar, ele pode ficar aleijado para o resto da vida!»

Os segundos passavam devagar, e Eduard começou a sentir medo. Ao contrário dos pais, acreditava em Deus, e numa vida além da morte, mas mesmo assim achava injusto tudo aquilo – morrer com 17 anos, a olhar o asfalto, numa terra que não era a sua.

– Você está bem? – escutava uma voz.

Não, não estava bem, não conseguia mexer-se, mas tão-pouco conseguia dizer nada. O pior de tudo é que não perdia a consciência, sabia exactamente o que se estava a passar, e no que se havia metido. Será que não ia desmaiar? Deus não tinha piedade dele, justamente num momento em que O procurava com tanta intensidade, contra tudo e contra todos?

– Já vêm os médicos – sussurrou outra pessoa, pegando na sua mão. – Não sei se me pode ouvir, mas fique calmo. Não é nada grave.

Sim, podia ouvir, gostaria que essa pessoa – um homem – continuasse a falar, garantisse que não era nada grave, embora já fosse bastante adulto para entender que dizem sempre isso quando a situação é muito séria. Pensou em Maria, na região onde havia montanhas de cristais, cheios de energia positiva – enquanto Brasília era a maior concentração de negatividade que conhecera nas suas meditações.

Os segundos transformaram-se em minutos, as pessoas continuaram a tentar consolá-lo, e – pela primeira vez desde que tudo acontecera –

começou a sentir dor. Uma dor aguda, que vinha
do centro de sua cabeça, e parecia espalhar-se
pelo corpo inteiro.

– Já chegaram – disse o homem que lhe segurava a mão. – Amanhã você vai estar de novo
a andar de bicicleta.

Mas no dia seguinte Eduard estava num hospital, com as duas pernas e um braço engessa-
dos, sem possibilidade de sair dali nos próximos
30 dias, tendo que ouvir a mãe chorar sem parar, o pai a fazer telefonemas nervosos, os médicos a repetir a cada cinco minutos que as 24 horas mais graves já tinham passado, e não houvera
nenhuma lesão cerebral.

A família ligou para a Embaixada Americana –
que nunca acreditava nos diagnósticos dos hospitais públicos, e mantinha um serviço de ur-
gência sofisticadíssimo, juntamente com uma
lista de médicos brasileiros considerados capazes de atender os seus próprios diplomatas. Uma
vez por outra, numa política de boa vizinhança,
usavam esses serviços para outras representa-
ções diplomáticas.

Os americanos trouxeram os seus aparelhos
de última geração, fizeram um número dez vezes
maior de testes e exames novos, e chegaram à
conclusão a que sempre chegavam: os médicos
do hospital público tinham avaliado correcta-
mente, e tomado as decisões certas.

Os médicos do hospital público podiam ser bons, mas os programas da televisão brasileira eram tão maus como os de qualquer outra parte do mundo, e Eduard tinha pouco que fazer. Maria aparecia cada vez menos no hospital – talvez tivesse encontrado outro companheiro para ir com ela até às montanhas de cristais.

Contrastando com o estranho comportamento da sua namorada, o embaixador e a mulher iam visitá-lo diariamente, mas recusavam-se a trazer os livros em português que ele tinha em casa, alegando que em breve seriam transferidos, e não havia necessidade de aprender uma língua que nunca mais teria necessidade de usar. Assim sendo, Eduard contentava-se em conversar com outros doentes, discutir futebol com os enfermeiros, e ler uma ou outra revista que lhe caía nas mãos.

Até que um dia, um dos enfermeiros trouxe-lhe um livro que acabara de receber, mas que achava «muito grosso para ser lido». E foi neste momento que a vida de Eduard começou a colocá-lo num caminho estranho, que o conduziria a Villete, à ausência da realidade, e ao distanciamento completo das coisas que outros rapazes da sua idade iriam fazer nos anos que se seguiram.

O livro era sobre os visionários que abalaram o mundo – gente que tinha a sua própria ideia do paraíso terrestre, e dedicara a sua vida a partilhar essa ideia com os outros. Ali estava Jesus Cristo, mas também estavam Darwin, com sua teoria de que o homem descendia dos macacos; Freud, afirmando que os sonhos tinham importância; Colombo, empenhando as jóias da rainha para procurar um novo continente; Marx, com a ideia de que todos mereciam a mesma oportunidade.

E ali estavam santos, como Inácio de Loiola, um basco que dormira com todas as mulheres que podia dormir, matara vários inimigos num sem-número de batalhas, até ser ferido em Pamplona, e entender o Universo numa cama onde convalescia. Teresa de Ávila, que queria de todas as maneiras encontrar o caminho de Deus, e só conseguiu quando sem querer passeava por um corredor e parou diante de um quadro. António, um homem cansado da vida que levava, que resolveu exilar-se no deserto e passou a conviver com demónios por dez anos, experimentando todo o tipo de tentação. Francisco de Assis, um rapaz como ele, determinado a conversar com os pássaros e a deixar para trás tudo o que os seus pais tinham programado para a sua vida.

Começou a ler naquela mesma tarde o tal «livro grosso», porque não tinha nada melhor para se distrair. A meio da noite, uma enfermeira entrou, perguntando se precisava de ajuda, já que era o único quarto ainda com a luz acesa. Eduard dispensou-a com um simples aceno de mão, sem desviar os olhos do livro.

Os homens e mulheres que abalaram o mundo. Homens e mulheres comuns, como ele, o seu pai, ou a namorada que sabia estar a perder, cheios das mesmas dúvidas e inquietações que todos os seres humanos tinham nos seus quotidianos programados. Gente que não tinha um interesse especial por religião, Deus, expansão de mente ou nova consciência, até que um dia – bem, um dia tinham decidido mudar tudo. O livro era mais interessante porque contava que, em cada uma daquelas vidas, havia um momento mágico, que os fizera partir em busca da sua própria visão do Paraíso.

Gente que não deixou a vida passar em branco, e que, para conseguir o que queria, tinha pedido esmolas ou cortejado reis; rasgado códigos ou enfrentado a ira dos poderosos da época; usado diplomacia ou força, mas nunca desistiu, sempre capazes de aproveitar cada dificuldade que se apresentava como uma vantagem.

No dia seguinte, Eduard entregou o seu relógio de ouro ao enfermeiro que lhe dera o livro, pediu que o vendesse, e que comprasse todos os livros sobre o tema. Não havia mais nenhum. Tentou ler a biografia de algum deles, mas descreviam sempre o homem ou a mulher como se fosse um escolhido, um inspirado – e não uma pessoa comum, que devia lutar como qualquer outra para afirmar o que pensava.

Eduard ficou tão impressionado com o que lera, que considerou seriamente a possibilidade de tornar-se um santo, aproveitando o acidente para mudar o rumo da sua vida. Mas tinha as pernas partidas, não tivera nenhuma visão no hospital, não passara diante de um quadro que lhe sacudira a alma, não tinha amigos para construir uma capela no interior do planalto brasileiro, e os desertos estavam muito longe, cheios de problemas políticos. Mas ainda assim, podia fazer algo: aprender pintura, e tentar mostrar ao mundo as visões que aqueles homens e mulheres tiveram.

Quanto tiraram o gesso, e voltou para a Embaixada – cercado de cuidados, mimos, e todo o tipo de atenção que um filho de embaixador recebe dos outros diplomatas – pediu à mãe que o inscrevesse num curso de pintura.

A mãe disse que ele já tinha perdido muitas aulas no Colégio Americano, e que era altura de recuperar o tempo perdido. Eduard recusou-se: não tinha a menor vontade de continuar a aprender geografia e ciências.

Queria ser pintor. Num momento de distração, explicou o motivo:

– Preciso de pintar as Visões do Paraíso.

A mãe não disse nada, e prometeu conversar com as suas amigas, para ver qual o melhor curso de pintura da cidade.

Quando o embaixador voltou do trabalho, naquela tarde, encontrou-a a chorar no seu quarto.

– O nosso filho está louco – dizia, com as lágrimas a correr. – O acidente afectou-lhe o cérebro.

– Impossível! – respondeu, indignado, o embaixador. – Os médicos, indicados pelos americanos, examinaram-no.

A mulher contou-lhe o que ouvira.

– É a rebeldia normal da juventude. Espera e verás que tudo volta ao normal.

Desta vez, a espera não resultou em nada, porque Eduard tinha pressa de começar a viver. Dois dias depois, cansado de aguardar uma decisão das amigas da mãe, resolveu matricular-se num curso de pintura. Começou a aprender a escala de cores e perspectiva, mas começou também a conviver com gente que nunca falava da marca dos ténis ou dos modelos de carro.

– Ele está a conviver com artistas! – dizia a mãe, chorosa, ao embaixador.

– Deixa o rapaz – respondia o embaixador. – Vai enjoar logo, como enjoou da namorada, dos cristais, das pirâmides, do incenso, da marijuana.

Mas o tempo passava, o quarto de Eduard transformava-se num *atelier* improvisado, com pinturas que não faziam o menor sentido para os pais: eram círculos, combinações exóticas de cores, símbolos primitivos misturados com gente em posição de prece.

Eduard, o antigo rapaz solitário que em dois anos de Brasília nunca aparecera em casa com amigos, agora enchia-a com pessoas estranhas, mal vestidas, despenteadas, que ouviam discos horríveis no volume máximo, bebendo e fumando sem qualquer limite, demonstrando total ignorância dos protocolos de bom comportamento. Certo dia, a directora do Colégio Americano chamou a embaixatriz para uma conversa.

– O seu filho deve estar envolvido em drogas – disse. – O rendimento escolar dele está abaixo do normal, e se continuar assim não poderemos renovar a matrícula.

A mulher foi direita ao escritório do embaixador, e contou o que acabara de ouvir.

– Passas a vida a dizer que o tempo ia fazer tudo voltar ao normal! – gritava histérica. – O teu filho drogado, louco, com algum problema cerebral gravíssimo, enquanto tu te preocupas com recepções e reuniões sociais!

– Fala baixo – pediu ele.

– Não falo mais baixo, nunca mais na vida, enquanto não tomares uma atitude! Este menino precisa de ajuda, estás a ouvir? Ajuda médica! Vai e faz alguma coisa.

Preocupado com que o escândalo da mulher pudesse prejudicá-lo junto aos seus funcionários, e já desconfiado que o interesse de Eduard pela pintura duraria mais tempo do que o esperado, o embaixador – um homem prático, que sabia todos os procedimentos correctos – estabeleceu uma estratégia de ataque ao problema.

Primeiro, telefonou para o seu colega, o embaixador americano, e pediu a gentileza de permitir o uso dos aparelhos de exame da Embaixada. O pedido foi aceite.

Procurou de novo os médicos credenciados, explicou a situação e solicitou que fosse feita uma revisão de todos os exames da época. Os médicos, temerosos que aquilo pudesse resultar num processo, fizeram exactamente o que lhes foi pedido – e concluíram que os exames não apresentavam nada de anormal. Antes do embaixador sair, exigiram que firmasse um documento, dizendo que, a partir daquela data, eximia a Embaixada Americana da responsabilidade de ter indicado os seus nomes.

Em seguida, o embaixador foi ao hospital onde Eduard estivera internado. Conversou com o director, explicou o problema do filho, e solicitou que – a pretexto de um *check-up* de rotina – fizessem um exame de sangue para detectar a presença de drogas no organismo do rapaz.

Assim foi feito. E nenhuma droga foi encontrada.

Restava a terceira e última etapa da estratégia: conversar com o próprio Eduard, e saber o que estava a acontecer. Só de posse de todas as informações, poderia tomar uma decisão que lhe parecesse correcta.

Pai e filho sentaram-se na sala de estar.

– Você tem preocupado a sua mãe – disse o embaixador. – As suas notas baixaram, e há o risco de que a sua matrícula não seja renovada.

– As minhas notas no curso de pintura subiram, meu pai.

– Acho muito gratificante o seu interesse pela arte, mas você tem uma vida pela frente para fazer isso. De momento, é preciso terminar o curso secundário, para que eu possa encaminhá-lo para a carreira diplomática.

Eduard pensou muito antes de dizer qualquer coisa. Reviu o acidente, o livro sobre os visionários – que afinal fora apenas um pretexto para encontrar a sua verdadeira vocação – pensou em Maria, de quem nunca mais tinha ouvido falar. Hesitou muito, mas afinal respondeu.

– Pai, eu não quero ser diplomata. Eu quero ser pintor.

O pai já estava preparado para esta resposta, e sabia como contorná-la.

– Você será pintor, mas antes termine os seus estudos. Arranjaremos exposições em Belgrado, Zagreb, Lubljana, Sarajevo. Com a influência que tenho, posso ajudá-lo muito, mas preciso que termine os seus estudos.

– Se eu fizer isso, vou escolher o caminho mais fácil, pai. Vou entrar para qualquer faculdade, formar-me em algo que não me interessa, mas que me dará dinheiro. Então a pintura ficará para segundo plano, e eu acabarei por esquecer a minha vocação. Preciso de aprender a ganhar dinheiro com a pintura.

O embaixador começou a irritar-se.

– Você tem tudo, meu filho: uma família que o ama, casa, dinheiro, posição social. Mas você sabe, o nosso país está a viver um período complicado, há rumores de guerra civil; pode ser que amanhã eu já não esteja aqui para o ajudar.

– Eu saberei ajudar-me, meu pai. Confie em mim. Um dia pintarei uma série chamada «As Visões do Paraíso». Será a história visual daquilo que homens e mulheres apenas experimentaram nos seus corações.

O embaixador elogiou a determinação do filho, terminou a conversa com um sorriso, e resolveu dar mais um mês de prazo – afinal, a diplomacia é a arte de adiar as decisões até que elas se resolvam por si mesmas.

Um mês passou. E Eduard continuou a dedicar todo o seu tempo à pintura, aos amigos estranhos, às músicas que deviam provocar algum desequilíbrio psicológico. Para agravar o quadro, tinha sido expulso do Colégio Americano, por discutir com a professora sobre a existência de santos.

Numa última tentativa, já que não podia mais adiar qualquer decisão, o embaixador tornou a chamar o filho para uma conversa entre homens.

– Eduard, você já está em idade de assumir a responsabilidade da sua vida. Nós aguentamos enquanto foi possível, mas é altura de acabar com esta tolice de querer ser pintor, e dar um rumo à sua carreira.

– Meu pai, ser pintor é dar um rumo à minha carreira.

– Você está a ignorar o nosso amor, os nossos esforços para lhe dar uma boa educação. Como você nunca foi assim, só posso atribuir o que está a acontecer a uma consequência do acidente.

– Entenda que eu vos amo mais do que qualquer outra pessoa ou coisa na minha vida.

O embaixador pigarreou. Não estava acostumado a manifestações tão directas de carinho.

– Então, em nome do amor que tem por nós, por favor, faça o que sua mãe deseja. Deixe por algum tempo essa história de pintura, arranje amigos que pertençam ao seu nível social, e volte aos estudos.

– Se me ama, meu pai, não pode pedir-me isso, porque sempre me deu um bom exemplo, lutando pelas coisas que queria. Não pode querer que eu seja um homem sem vontade própria.

– Eu disse: em nome do amor. E eu nunca disse isso antes, meu filho, mas estou a pedir agora. Pelo amor que nos tem, pelo amor que nós temos a si, volte ao lar – não apenas no sentido físico, mas no sentido real. Você está a engar-se, fugindo da realidade.

»Desde que você nasceu, alimentámos os maiores sonhos das nossas vidas. Você é tudo para nós: o nosso futuro e o nosso passado. Os seus avós eram funcionários públicos, e eu precisei de lutar como um touro para entrar e crescer nesta carreira diplomática. Tudo isso apenas para abrir espaço para si, tornar as coisas mais fáceis. Tenho ainda a caneta com que assinei o meu primeiro documento como embaixador, e guardei-a com todo carinho, para passar a você no dia em que fizer o mesmo.

»Não nos desaponte, meu filho. Nós não vamos viver muito, queremos morrer tranquilos, sabendo que você foi bem encaminhado na vida.

»Se nos ama realmente, faça o que estou a pedir. Se não nos ama, continue com esse comportamento.

Eduard ficou muitas horas a olhar o céu de Brasília, vendo as nuvens que passeavam pelo azul – belas, mas sem uma gota de chuva para derramar na terra seca do planalto central brasileiro. Estava vazio como elas.

Se continuasse com a sua escolha, a mãe terminaria definhando de sofrimento, o pai ia perder o entusiasmo pela carreira, ambos iam culpar-se por falharem na educação do filho querido. Se desistisse da pintura, as Visões do Paraíso nunca veriam a luz do dia, e nada mais neste mundo seria capaz de lhe dar entusiasmo e prazer.

Olhou à sua volta, viu os seus quadros, relembrou o amor e o sentido de cada pincelada, e achou-os todos medíocres. Ele era uma fraude; queria ser uma coisa para a qual nunca tinha sido escolhido, e cujo preço seria a decepção dos seus pais.

As Visões do Paraíso eram para os homens eleitos, que apareciam nos livros como heróis e mártires da fé no que acreditavam. Gente que já sabia desde criança que o mundo precisava deles – o que estava escrito no livro era invenção do romancista.

À hora do jantar, disse aos pais que eles tinham razão: aquilo era um sonho de juventude, e
o seu entusiasmo pela pintura também já tinha
passado. Os pais ficaram contentes, a mãe chorou de alegria e abraçou o filho; tudo tinha voltado ao normal.

À noite, o embaixador comemorou secretamen-
te a sua vitória, abrindo uma garrafa de champa-
nhe – que bebeu sozinho. Quando foi para o quarto, a mulher – pela primeira vez em muitos meses
– já estava a dormir, tranquila.

No dia seguinte, encontraram o quarto de
Eduard destruído, as pinturas destroçadas por
um objecto cortante, e o rapaz sentado num canto, olhando o céu. A mãe abraçou-o, disse quanto o amava, mas Eduard não respondeu.

Não queria mais saber de amor: estava farto
desta história. Pensava que podia desistir e seguir os conselhos do pai, mas tinha ido longe de
mais no seu trabalho – atravessara o abismo que
separa um homem do seu sonho, e agora não
podia mais voltar.

Não podia ir nem para a frente, nem para trás.
Então, era mais simples sair de cena.

Eduard ainda ficou mais cinco meses no Brasil, sendo tratado por especialistas, que diagnos-
ticaram um tipo raro de esquizofrenia, talvez re-
sultante de um acidente de bicicleta. Logo a
guerra civil na Jugoslávia estourou, o embaixador foi chamado às pressas, os problemas acu-

mularam-se demasiado para que a família pudesse cuidar dele, e a única saída fora deixá-lo no recém-aberto sanatório de Villete.

Quando Eduard acabou de contar a sua história já era noite, e os dois tremiam de frio.

– Vamos entrar – disse ele. – Já estão a servir o jantar.

– Na minha infância, sempre que ia visitar a minha avó, ficava a contemplar um quadro na parede. Era uma mulher – Nossa Senhora, como dizem os católicos – em cima do mundo, com as mãos abertas para a Terra, de onde desciam raios.

»O que mais me intrigava nesse quadro é que aquela senhora pisava uma serpente viva. Então, eu perguntei à minha avó: "Ela não tem medo da serpente? Não acha que vai morder-lhe o pé, e matá-la com o seu veneno?"

»A minha avó disse: «A serpente trouxe o Bem e o Mal à Terra, como diz a Bíblia. E ela controla o Bem e o Mal com o seu amor.»

– O que tem isso a ver com a minha história?

– Como eu te conheci há uma semana, seria muito cedo para dizer: eu amo-te. Como não devo passar desta noite, seria também muito tarde para to dizer. Mas a grande loucura do homem e da mulher é exactamente essa: o amor.

»Tu contaste-me uma história de amor. Acredito sinceramente que os teus pais queriam o melhor para ti, e foi esse amor que quase destruiu a tua vida. Se a Senhora, no quadro da minha avó, pisava a serpente, tal significava que esse amor tinha duas faces.

– Entendo o que estás a dizer – disse Eduard.

– Eu provoquei o choque eléctrico, porque me deixas confuso. Não sei o que sinto, e o amor já me destruiu uma vez.

– Não tenhas medo. Hoje, eu tinha pedido ao Dr. Igor para sair daqui, escolher o lugar onde queria fechar os meus olhos para sempre. Entretanto, quando te vi a ser agarrado pelos enfermeiros, percebi qual a imagem que eu queria contemplar quando partisse deste mundo: o teu rosto. E decidi que não ia mais embora.

»Enquanto estavas a dormir, em resultado do choque, tive mais um ataque, e achei que tinha chegado a minha hora. Olhei o teu rosto, tentei adivinhar a tua história, e preparei-me para morrer feliz. Mas a morte não veio – o meu coração aguentou mais uma vez, talvez porque eu sou jovem.

Ele baixou a cabeça.

– Não te envergonhes de ser amado. Não estou a pedir-te nada, apenas que me deixes gostar de ti, tocar piano mais uma noite – se ainda tiver forças para isso.

»Em troca, só te peço uma coisa: se ouvires alguém dizer que estou a morrer, vai até à enfermaria. Deixa-me realizar o meu desejo.

Eduard ficou em silêncio por muito tempo, e Veronika achou que ele tinha retornado ao seu mundo, para não voltar tão cedo.

Finalmente, olhou as montanhas além dos muros de Villete, e disse:

– Se quiseres sair, eu levo-te lá para fora. Dá-me apenas o tempo de ir buscar os casacos e algum dinheiro. Em seguida, nós dois vamos embora.

– Não vai durar muito, Eduard. Sabes isso.

Eduard não respondeu. Entrou e voltou em seguida com os casacos.

– Vai durar uma eternidade, Veronika. Mais do que todos os dias e noites iguais que passei aqui, a tentar esquecer as Visões do Paraíso. Quase as esqueci, mas parece que estão a voltar.

»Vamos embora. Loucos fazem loucuras.

Naquela noite, quando se reuniram para jantar, os internos sentiram a falta de quatro pessoas.

Zedka, que todos sabiam ter tido alta após um longo tratamento. Mari, que devia ter ido ao cinema, como costumava fazer com frequência. Eduard, que talvez ainda não tivesse recuperado do electrochoque – e, ao pensar nisso, todos os internos ficaram com medo, e iniciaram a refeição em silêncio.

Finalmente, faltava a rapariga de olhos verdes e cabelos castanhos. Aquela que todos sabiam que não devia chegar viva ao fim da semana.

Ninguém falava abertamente de morte em Villete. Mas as ausências eram notadas, embora todos procurassem comportar-se como se nada tivesse acontecido.

Um boato começou a correr de mesa em mesa. Alguns choraram, porque ela era cheia de vida, e agora devia estar no pequeno necrotério que ficava na parte de trás do sanatório. Só mesmo os mais ousados costumavam passar por ali – mesmo assim durante o dia, com a luz iluminando tudo. Havia três mesas de mármore, e geralmente uma delas estava sempre com um novo corpo, coberto por um lençol.

Todos sabiam que esta noite Veronika estava lá. Os que eram realmente insanos logo esqueceram que – durante aquela semana – o sanatório tivera mais um hóspede, que às vezes perturbava o sono de todos com o piano. Alguns poucos, enquanto a notícia corria, sentiram uma certa tristeza, principalmente as enfermeiras que estiveram com Veronika durante as suas noites na UCI; mas os funcionários tinham sido treinados para não criar laços muito fortes com os doentes, já que uns saíam, outros morriam, e a grande maioria ia piorando cada vez mais. A tristeza desses durou um pouco mais, e logo também passou.

A grande maioria dos internos, porém, soube da notícia, fingiu espanto, tristeza, mas ficou aliviada. Porque, mais uma vez, o Anjo Exterminador havia passado por Villete, e eles tinham sido poupados.

Quando a Fraternidade se reuniu após o jantar, um membro do grupo deu o recado; Mari não tinha ido ao cinema – partira para não voltar mais, e deixara um bilhete com ele.

Ninguém pareceu dar muita importância: ela parecera sempre diferente, louca de mais, incapaz de se adaptar à situação ideal em que todos ali viviam.

– Mari nunca entendeu como somos felizes – disse um deles. – Temos amigos com afinidades comuns, seguimos uma rotina, de vez em quando saímos juntos para um programa, convidamos conferencistas para falar de assuntos importantes, debatemos as suas ideias. A nossa vida chegou ao perfeito equilíbrio, coisa que tanta gente lá fora adoraria ter.

– Sem contar o facto de que, em Villete, estamos protegidos contra o desemprego, as consequências da guerra na Bósnia, os problemas económicos, a violência – comentou outro. – Encontrámos a harmonia.

– Mari confiou-me um bilhete – disse aquele que tinha dado a notícia, mostrando um envelope fechado. – Pediu que o lesse em voz alta, como se quisesse despedir-se de todos nós.

O mais velho de todos abriu o envelope e fez o que Mari pedira. Quis parar a meio, mas já era tarde de mais, e foi até ao fim.

Quando eu ainda era jovem e advogada, li certa vez um poeta inglês, e uma frase dele marcou-me muito: «Seja como a fonte que transborda, e não como o tanque, que contém sempre a mesma água.» Achei sempre que ele estava errado: era perigoso transbordar, porque podemos acabar por inundar áreas onde vivem pessoas queridas, e afogá-las com o nosso amor e o nosso entusiasmo. Então, procurei comportar-me a vida inteira como um tanque, nunca indo além dos limites das minhas paredes interiores.

Acontece que, por alguma razão que nunca entenderei, tive a Síndrome do Pânico. Transformei-me exactamente naquilo por que tanto lutara para evitar: numa fonte que transbordou e inundou tudo ao meu redor. O resultado disso foi o internamento em Villete.

Depois de curada, voltei para o tanque, e conheci-vos. Obrigada pela amizade, pelo carinho, e por tantos momentos felizes. Vivemos juntos como peixes num aquário, felizes porque alguém deitava comida na hora certa, e nós podíamos, sempre que desejávamos, ver o mundo do lado de fora, através do vidro.

Mas ontem, por causa de um piano e de uma mulher que deve já estar morta hoje, eu descobri algo muito importante: a vida aqui dentro era exactamente igual à vida lá fora. Tanto lá como aqui, as pessoas reúnem-se em grupos, criam as suas muralhas, e não deixam que nada de estranho possa perturbar as suas medíocres existências. Fazem coisas porque estão acostumadas a fazer, estudam assuntos inúteis, divertem-se porque são obrigadas a divertir-se, e que o resto do mundo se dane, se resolva por si mesmo. No máximo, vêem – como nós vemos tantas vezes juntos – o noticiário da televisão, só para terem a certeza do quanto são felizes, num mundo cheio de problemas e injustiças.

Ou seja: a vida da Fraternidade é exactamente igual à vida de quase toda a gente lá fora – todos evitando saber o que se encontra além das paredes de vidro do aquário. Durante muito tempo isso foi reconfortante e útil. Mas a gente muda, e agora eu estou em busca de aventura – mesmo já tendo 65 anos, e sabendo as muitas limitações que essa idade me traz. Vou para a Bósnia: há gente que me espera ali, embora ainda não me conheça, e eu tão-pouco as conheça. Mas sei que sou útil, e que o risco de uma aventura vale mil dias de bem-estar e conforto.

Quando acabou a leitura do bilhete, os membros da Fraternidade foram para os seus quartos e enfermarias, dizendo a si mesmos que ela tinha definitivamente enlouquecido.

Eduard e Veronika escolheram o restaurante mais caro de Lubljana, pediram os melhores pratos, embriagaram-se com três garrafas de vinho da safra de 88, uma das melhores do século. Durante o jantar, não tocaram uma só vez em Villete, do passado, do futuro.

– Gostei da história da serpente – dizia ele, tornando a encher o copo pela milésima vez. – Mas a tua avó era muito velha, não sabia interpretar a história.

– Respeita a minha avó! – gritava Veronika, já bêbada, fazendo com que todos no restaurante se virassem.

– Um brinde à avó desta jovem! – disse Eduard, levantando-se. – Um brinde à avó desta louca aqui na minha frente, que deve ter fugido de Villete!

As pessoas voltaram a dar atenção aos seus pratos, fingindo que nada daquilo estava a acontecer.

– Um brinde à minha avó! – insistiu Veronika, também embriagada.

O dono do restaurante veio até à mesa.

– Por favor, comportem-se.

Eles ficaram mais calmos por alguns instantes, mas logo voltaram a falar alto, a dizer coisas sem sentido, a agir de maneira inconveniente. O dono do restaurante tornou a voltar à mesa, disse que não precisavam de pagar a conta, mas que tinham que sair naquele minuto.

– Vamos economizar o dinheiro gasto com estes vinhos caríssimos! – brindou Eduard. – É hora de sair daqui, antes que este homem mude de ideias!

Mas o homem não ia mudar de ideias. Já estava a puxar a cadeira de Veronika, num gesto aparentemente cortês, mas cujo verdadeiro sentido era ajudá-la a levantar-se o mais rápido possível.

Foram para o meio da pequena praça, no centro da cidade. Veronika olhou o seu quarto do convento, e a embriaguez passou por um instante. Tornou a lembrar-se de que ia morrer em breve.

– Compra mais vinho! – pediu a Eduard.

Havia um bar ali perto. Eduard trouxe duas garrafas, os dois sentaram-se, e continuaram a beber.

– O que está errado na interpretação da minha avó? – disse Veronika.

Eduard estava tão bêbado, que foi preciso um grande esforço para se lembrar do que dissera no restaurante. Mas conseguiu.

– A tua avó disse que a mulher pisava aquela cobra porque o amor tem que dominar o Bem e o Mal. É uma bonita e romântica interpretação, mas não é nada disso: porque eu já vi essa imagem, ela é uma das Visões do Paraíso que eu imaginava pintar. Eu já tinha perguntado a mim mesmo porque retratavam sempre a Virgem dessa maneira.

– Porquê?

– Porque a Virgem, a energia feminina, é a grande dominadora da serpente, que significa sabedoria. Se reparares no anel de médico do Dr. Igor, verás que ele tem o símbolo dos médicos: duas serpentes enroladas num bastão. O amor está acima da sabedoria, como a Virgem está sobre a serpente. Para ela, tudo é Inspiração. Ela não julga o bem e o mal.

– Sabes que mais? – disse Veronika – A Virgem nunca se importou com o que os outros pensavam. Imagina, ter que explicar a toda a gente a história do Espírito Santo! Ela não explicou nada, só disse: «Aconteceu assim.» Sabes o que os outros devem ter dito?

– Claro que sei. Que ela estava louca!

Os dois riram. Veronika levantou o copo.

– Parabéns. Devias pintar essas Visões do Paraíso, ao invés de só falar.

– Começarei por ti – respondeu Eduard.

Ao lado da pequena praça, existe um pequeno monte. Em cima do pequeno monte, existe um pequeno castelo. Veronika e Eduard subiram o caminho inclinado, blasfemando e rindo, escorregando no gelo e protestando contra o cansaço.

Ao lado do castelo, existe uma grua gigantesca, amarela. Para quem vai a Lubljana pela primeira vez, aquela grua dá a impressão de que estão a reformar o castelo, e que em breve ele será completamente restaurado. Os habitantes de Lubljana, porém, sabem que a grua está ali há muitos anos – embora ninguém saiba a verdadeira razão. Veronika contou a Eduard que, quando se pede às crianças do jardim de infância para desenhar o castelo de Lubljana, elas incluem sempre a grua no desenho.

– Aliás, a grua sempre está mais bem conservada que o castelo.

Eduard riu.

– Devias estar morta – comentou, ainda sob o efeito do álcool, mas com a voz mostrando um certo medo. – O teu coração não devia ter aguentado esta subida.

Veronika deu-lhe um demorado beijo.

– Olha bem para o meu rosto – disse ela. – Guarda-o com os olhos da tua alma, para que possas reproduzi-lo um dia. Se quiseres, começa por ele, mas volta a pintar. Esse é o meu último pedido. Acreditas em Deus?

– Acredito.

– Então vais jurar, pelo Deus em que acreditas, que irás pintar-me.

– Eu juro.

– E que, depois de me pintares, irás continuar a pintar.

– Não sei se posso jurar isso.

– Podes. E vou dizer-te mais: obrigada por teres dado um sentido à minha vida. Eu vim a este mundo para passar por tudo o que passei, tentar o suicídio, destruir o meu coração, encontrar-te, subir a este castelo, e deixar que gravasses o meu rosto na tua alma. Esta é a única razão pela qual eu vim ao mundo; fazer com que retornasses ao caminho que interrompeste. Não faças com que eu sinta que a minha a vida foi inútil.

– Talvez seja cedo de mais ou tarde de mais, mas, da mesma maneira que tu fizeste comigo, eu quero dizer: amo-te. Não precisas de acreditar, talvez seja um disparate, uma fantasia minha.

Veronika abraçou-se a Eduard, e pediu ao Deus, em que ela não acreditava, que a levasse naquele momento.

Fechou os olhos, sentiu que ele também fazia o mesmo. E o sono veio, profundo, sem sonhos. A morte era doce, cheirava a vinho, e acariciava os seus cabelos.

Eduard sentiu que alguém lhe batia no ombro. Quando abriu os olhos, o dia começava a amanhecer.

– Vocês podem ir para o abrigo da prefeitura – disse o guarda. – Vão congelar, se continuarem aqui.

Numa fracção de segundo, ele lembrou-se de tudo o que se tinha passado na noite anterior. Nos seus braços estava uma mulher encolhida.

– Ela... ela está morta.

Mas a mulher mexeu-se, e abriu os olhos.

– O que se passa? – perguntou Veronika.

– Nada – respondeu Eduard, levantando-a. – Ou melhor, um milagre: mais um dia de vida.

Assim que o Dr. Igor entrou no consultório e acendeu a luz – o dia continuava a amanhecer tarde, aquele Inverno estava a durar além do necessário – um enfermeiro bateu à porta.

«Começou cedo hoje», disse ele.

Ia ser um dia complicado, por causa da conversa com Veronika. Preparara-se para isso durante toda a semana, e na noite anterior mal conseguira dormir.

– Tenho notícias alarmantes – disse o enfermeiro. – Dois dos internos desapareceram: o filho do embaixador e a menina com problemas do coração.

– Vocês são uns incompetentes. A segurança deste hospital sempre deixou muito a desejar.

– É que ninguém tentou fugir antes – respondeu o enfermeiro, assustado. – Não sabíamos que era possível.

– Saia daqui! Tenho que preparar um relatório para os donos, notificar a polícia, tomar uma série de providências. E diga que não posso ser interrompido, porque estas coisas levam horas!

O enfermeiro saiu, pálido, sabendo que parte daquele grande problema acabaria por cair nos seus ombros, porque é assim que os poderosos agem com os mais fracos. Com toda a certeza, estaria despedido antes que o dia terminasse.

O Dr. Igor pegou num bloco, colocou-o em cima da mesa, e ia começar as suas anotações, quando resolveu mudar de ideias.

Apagou a luz, deixou-se ficar no escritório precariamente iluminado pelo Sol que ainda estava a nascer, e sorriu. Tinha conseguido.

Daqui a pouco tomaria as notas necessárias, relatando a única cura conhecida para o Vitríolo: a consciência da vida. E dizendo qual o medicamento que empregara no seu primeiro grande teste com os pacientes: a consciência da morte.

Talvez existissem outros medicamentos, mas o Dr. Igor decidira concentrar a sua tese no único que tivera oportunidade de experimentar cientificamente, graças a uma menina que entrara – sem querer – no seu destino. Viera num estado gravíssimo, com uma intoxicação séria, e início de coma. Ficara entre a vida e a morte por quase uma semana, tempo necessário para que ele tivesse a brilhante ideia da sua experiência.

Tudo dependia apenas de uma coisa: da capacidade da rapariga sobreviver.

E ela conseguira.

Sem nenhuma consequência séria, ou problema irreversível; se cuidasse da sua saúde, poderia viver tanto ou mais que ele.

Mas o Dr. Igor era o único que sabia disso, como sabia também que os suicidas frustrados tendem a repetir o seu gesto mais cedo ou mais tarde. Porque não utilizá-la como cobaia, para ver se conseguia eliminar o Vitríolo – ou Amargura – do seu organismo?

E o Dr. Igor concebera o seu plano.

Usando um remédio conhecido como Fenotal, conseguira simular os efeitos dos ataques de coração. Durante uma semana, ela recebera injecções da droga, e deve ter ficado muito assustada – porque tinha tempo de pensar na morte, e de rever a sua própria vida. Desta maneira, conforme a tese do Dr. Igor («A consciência da morte anima-nos a viver mais», seria o título do capítulo final do seu trabalho), a rapariga passou a eliminar o Vitríolo do seu organismo, e possivelmente não repetiria o seu acto.

Hoje iria encontrar-se com ela, e dizer que, graças às injecções, tinha conseguido reverter totalmente o quadro dos ataques cardíacos. A fuga de Veronika poupara-lhe a desagradável experiência de mentir mais uma vez.

Com o que o Dr. Igor não contava era com o efeito contagiante de uma cura por envenenamento de Vitríolo. Muita gente em Villete ficara assustada com a consciência da morte lenta e irreparável. Todos deviam estar a pensar no que estavam a perder, sendo forçados a reavaliar as suas próprias vidas.

Mari viera pedir alta. Outros doentes estavam a pedir a revisão dos seus casos. O caso do filho do embaixador era mais preocupante, porque ele simplesmente desaparecera – na certa tentando ajudar Veronika a fugir.

«Talvez ainda estejam juntos», pensou.

De qualquer maneira, o filho do embaixador sabia onde era Villete, se quisesse voltar. O Dr. Igor estava demasiado entusiasmado com os resultados, para prestar atenção a coisas pequenas.

Por alguns instantes, teve outra dúvida: cedo ou tarde, Veronika dar-se-ia conta de que não ia morrer do coração. Na certa, procuraria um especialista, e este dir-lhe-ia que tudo no seu organismo estava perfeitamente normal. Nessa altura, ela acharia que o médico que cuidou dela em Villete era um incompetente total. Mas todos os homens que ousam pesquisar assuntos proibidos precisam de uma certa coragem e de uma dose de incompreensão.

Mas, e durante os muitos dias que ela teria que viver com o medo da morte iminente?

O Dr. Igor ponderou longamente os argumentos, e decidiu: não era nada grave. Ela ia considerar cada dia um milagre – o que não deixa de ser, considerando todas as probabilidades de que ocorram coisas inesperadas em cada segundo da nossa frágil existência.

Reparou que os raios de Sol já estavam a tornar-se mais fortes, o que significava que os internos, a esta hora, deviam estar a tomar o pequeno almoço. Em breve, a sua antessala estaria cheia, os problemas rotineiros voltariam, e era melhor começar já a tomar as notas da sua tese.

Meticulosamente, começou a escrever a experiência de Veronika; deixaria para preencher mais tarde os relatórios sobre a falta de condições de segurança do prédio.

Dia de Santa Bernadette, 1998

VERONIKA DECIDE MORRER
E A
CRÍTICA INTERNACIONAL

"O livro mais incrível que alguma vez li foi *Veronika Decide Morrer*, de Paulo Coelho."

SINÉAD O'CONNOR, *The Irish Sunday Independent*, 2001

"Uma espécie de mistura entre *Vida Interrompida* e *Uma Agulha no Palheiro*."

Mademoiselle, EUA, 2001

"*Veronika Decide Morrer* é o livro mais hábil de Coelho até à data. (...) As suas personagens discutem a sanidade e o sentido da vida sob diversos pontos de vista, incitando o leitor a participar da discussão."

Denver Post, EUA, 2001

"Neste livro é levantada uma questão muito profunda acerca da vida."

Weekly Asabi, Japão, 2001

"*Veronika Decide Morrer*, o mais recente romance do mestre das parábolas acerca do sentido da vida, é uma história realista sobre o gosto pela vida face à morte."

Der Spiegel, Alemanha, 2001

"Para quem pense que este pequeno livro tinha aspirações demasiado elevadas, Coelho prova que não é esse o